외로움에 작별을 고하는 가장 간단한 방법

본문에 소개된 상담자 성명은 모두 가명임을 밝힙니다.

외로움에 작별을 고하는 가장 간단한 방법

초판 1쇄 인쇄 2006년 8월 18일 초판 1쇄 발행 2006년 8월 25일

지은이 홍귀남 펴낸이 김태영

기획편집 1분사_ 편집장 박선영 **책임편집** 가정실
1팀_양은하 도은주 2팀_오유미 가정실 김세희 3팀_최혜진 정지연 한수미
4팀_이효선 성화현 디자인_김정숙 하은혜 차기윤

상무 신화섭 **컨텐츠 기획** 노진선미 이유정 이화진 **제작** 이재승 송현주
마케팅 신민식 정덕식 권대관 송재광 박신용 김형준 **영업관리** 이재희 김은실
인터넷 사업 정은선 김미애 왕인정 **홍보** 김현종 허형식 임태순 **인사교육** 송진혁
광고 김정민 허윤경 이세윤 임효구 **경영지원** 하인숙 김도환 봉소아 김성자 고은미 최준용

펴낸곳 (주)위즈덤하우스 **출판등록** 2000년 5월 23일 제13-1071호
주소 서울시 마포구 도화 1동 22번지 창강빌딩 15층 **전화** 704-3861 **팩스** 704-3891
전자우편 yedam1@wisdomhouse.co.kr **홈페이지** www.yedamco.co.kr
출력 엔터 **종이** 화인페이퍼 **인쇄·제본** 현문

값 8,800원 ⓒ 홍귀남, 2006 ISBN 89-5913-172-5 03810

외로움에 작별을 고하는 가장 간단한 방법

•• 홍귀남 지음

예담

몇 해 전부터 자원봉사에 대한 우리 사회의 관심이 꾸준히 높아지고 있습니다. 20세 이상의 자원봉사 참여율이 14%나 된다고 합니다. 전체 인구를 따지면 4백만에 가까운 분들이 자원봉사에 참여하고 있습니다. 이분들의 자원봉사로 인해 우리가 얻는 금전적 가치만 따져도 2조 4천5백억 원이 넘습니다.

자원봉사의 방법도 참으로 다양해졌습니다. 불우한 어린이나 소외된 노인들에게 특별한 관심을 보이는 분들도 있고, 장애인을 돕는 일에 헌신하는 분도 있습니다. 산간벽지를 돌며 어르신들의 영정사진을 찍어주는 봉사자가 있는가 하면, 장애인과 노인의 목욕이나 이발을 도와주는 봉사 활동도 있습니다.

봉사란 대개의 경우 물질적 물리적 도움을 필요로 하는 분들을 돕는 일을 말합니다. 그러나 정신적 도움을 주는 것 역시 봉사입니다. 1981년 여러 사람들과 함께 '사랑의 전화'를 공동 창립하였을 당시, 과연 얼마나 전화가 걸려올까 걱정하는 분들이 많았습니다. 하지만 그것은 기우였습니다. 삶의 크고 작은 고민으로 힘든 시기를 보내는 분들의 전화가 끊임없이 이어졌습니다. 그분들은 대인 관계로 힘들어하거나, 우울증, 심지어 자살 충동까지 느끼고 있었습니다. 작은 기적들이 이어지면서, 우리는 상담 역시 우리 사회에 꼭 필요한 봉사 활동이며, 많은 사람들의 참여와 도움이 필요한 분야라는 걸 새삼 깨닫게 되었습니다.

저는 상담의 막강한 힘을 믿습니다. 상담은 고통받는 사람들에게 새로운 희망과 삶의 용기를 줍니다. 상담에는 별다른 기교가 필요 없습니다. 그저 따뜻한 마음으로 진심으로 귀를 기울여주면 됩니다.

사랑의 전화가 창립된 지 벌써 25년을 맞았습니다. 그간 여러 자원봉사자들의 따뜻한 전화 상담이 꾸준히 있었습니다. 그럼에도 20년이 넘도록 같은 곳에서 한결같이 봉사 활동을 하기란 쉽지 않을 것입니다. 올해로 23년을 채우며 상담 봉사를 계속하고 있는 홍귀남 선생이 자신의 경험을 살려 진솔한 글을 써냈습니다. 오래 묵어 발효된 글인 만큼 소박합니다. 화려한 글은 아닙니다. 재미가 있는 것도 아닙니다. 그러나 의미와 감동이 있습니다. 이 책이 많은 사람에게 읽혀 상담 자원봉사에 대해 널리 알리고, 나아가 현대인들이 자꾸만 잊어가고 있는 대화의 중요성, 경청의 중요성을 일깨우는 데에 도움이 되었으면 합니다.

정원식(서울대 명예교수, 사랑의 전화 초대 이사장)

외로운 당신, 울어라 울어버려라!

비가 왔습니다. 온 세상이 마치 분무기를 뿌린 것처럼 작은 물 알갱이들로 촉촉해졌습니다. 나뭇잎의 초록이 훨씬 싱싱해 보입니다. 회색 아스팔트까지도 물을 머금어 선명합니다. 좀 전까지만 해도 더럽고 삭막하게만 보였던 도시 주택가의 골목골목이 지금은 꽤 운치 있어 보입니다. 이 정도면 살 만한 곳이다, 라고 생각합니다. 이 정도면 살아볼 만한 세상이다, 라고 중얼거립니다.

비가 내릴 때마다 고맙습니다. 비가 주룩주룩 내리면, 마치 내 슬픔을 대신해서 울어주는 것 같아 고맙습니다. 어느 때부터인가 우리는 슬퍼도 울지 않는 사람들이 되었지요. 치밀어 오르는 울음을 애써 억누르고 태연한 척, 아무 일도 없는 척, 행복한 척하며 살아갑니다. 진실을 털어놓는 건 나약하고 어리석은 짓이라는 생각을 품게 되었지요. 왜냐하면, 모두 강한 척하는 이 세상에서 나도 강해 보여야 하니까요. 자존심을 지켜야 하니까요.

지난 20여 년을 남의 이야기를 들어주며 살았습니다. 매주 한 번 서울 마포구에 있는 사랑의 전화- 작은 상담실에 앉아서 10시간씩 전화를 받고 사람들의 이야기를 들었습니다. 그들의 이야기는 때로는 나를 힘들게 하고, 고민하게 하고, 슬프게 했습니다. 나는 끝까지 들은 후 그들에게 말했습니다. "용기를 내세요. 여기가 끝은 아니잖아요. 무슨 일이 있어도 행복해지겠다는 생각을 포기하지 마세요."

나의 말에 그들은 흑흑 소리 내어 울었습니다. 어떤 분은 봇물이 터진 듯 꺼이꺼이 흐느끼기도 했습니다. 드디어 그들의 가슴에 비가 내리기 시작한 것입니다. 번개를 동반한 우박처럼, 혹은 봄비나 가을비처럼, 정말 오랜만에 그들의 가슴에 비가 찾아왔고, 그들은 후련해했습니다. 한바탕 울고 난 후 그들은 쌩쌩해진 목소리로 내게 말했습니다. "고마워요. 위로가 되었어요."

그저 이야기를 들어주었을 뿐인데, 그들은 내게 고마워했습니다. 사람들의 말에 귀를 기울여준다는 것이 얼마나 큰 힘을 갖고 있는지 깨닫게 되었습니다. 그리고 또 한 가지 깨달은 것이 있습니다. 그것은 우리 모두가 하나씩 비밀을 갖고 있으며, 그것을 털어놓길 두려워하는 동시에 누군가에게 마구 얘기하고 싶은 충동 속에 산다는 것입니다.

나는 얼굴 없는 친구, 이름 없는 친구가 되어 그들의 비밀을 공유하고 함께 아파했습니다. 그리고 놀라운 일이 일어났습니다. 수년 동안 메마르게 굳어 있던 내 가슴에도 촉촉이 비가 내리기 시작한 것이지요!

이제 나는 울 수 있습니다. 외로워서 울고, 슬퍼서 울고, 고마워서 울고, 기뻐서 웁니다. 괴로울 때 전화를 걸어 하소연도 할 줄 아는 사람이 되었습니다. 보고 싶은데 오래도록 연락이 없는 친구에게 내가 먼저 전화해서 칭얼거리기도 합니다.

내가 나약해진 걸까요? 아닙니다. 나는 그저 외로울 뿐입니다. 외로워서 그냥 울어버리는 것뿐입니다.

울어도 됩니다. 운다고 누가 뭐라고 안 합니다. 울고 나면 조금 쑥스럽고 창피하지만, 그래도 후련한 가슴이 먼저입니다.

책을 썼습니다. 누가 읽어줄지 모를 보잘것없는 글입니다. 어쨌든 하고 싶은 말들이기에, 시작을 하였고 끝을 보았습니다.

비 같은 글이 되었으면 합니다. 당신이 울고 싶을 때 대신 울어주는 책이 되었으면 합니다. 그리고 마침내, 당신을 울리는 책이 되었으면 합니다.

울어라, 울어버려라. 모두 다 울게 하라…….

이 책을 세상에 내보내며, 나는 작은 주문을 외웁니다.

2006년 가을
사랑의 전화 상담실에서, 홍귀남

The best way to
say good-bye to
loneliness

ALONE

The best way to
say good-bye to
loneliness

The best way to say good-bye to loneliness

외롭다고 말해요

●●세상에 외롭지 않은 사람이 어디 있나요.

모두 저마다의 아픔과 슬픔, 그리고 외로움을 안고 살아가고 있어요. 하지만

주변을 한번 둘러보세요. 당신 곁에는 분명 누군가 있을 테니까요. 가족이 있고

친구가 있고, 그리고 당신보다 더 외로운 그 사람이 옆에서 눈물 짓고 있잖아요.

우리는 서로 눈물을 멈추게 할 수는 없지만 적어도 마주 보며 눈물을

닦아줄 수는 있으니, 이제 외로워하지 말아요.

외로움 속에는 슬픔도 있지만 희망도 있다.

그녀는 울음 속에서 수화기를 들었다.

이제 그녀는 외로움을 채워줄

새로운 열정을 향해 한 걸음씩 다가갈 것이다.

한낮의 자살 소동

"여보세요. 사랑의 전화입니다. 무엇을 도와드릴까요?"

"하아 하아……. 여보세요, 전 지금 죽어가고 있어요."

"여보세요? 무슨 일인가요? 말씀해 보세요."

"저 지금 수면제 한 통을 다 먹었어요. 하아……, 전 이제 곧 죽을 거예요."

자살 기도다. 그것도 이미 수면제를 먹어버렸다! 일을 저지른 후 전화를 하다니, 흔하지 않은 일이다. 많은 사람들이 자살을 마음먹고, 수면제를 사서 보관해 두기도 하지만 실제 행동으로 옮기는 경우는 흔치 않다. 그리고 대개는 수면제를 먹기 직전에 전화를 한다.

지금은 위기 상황이다. 여인은 벌써 수면제 한 통을 다 먹었고 빨리 조치를 취하지 않으면 큰일이 날 것이었다. 전화 상담을 하던 중 수화기 너머 상대방이 죽어버린다면, 나는 평생 죄책감에 시달릴 것이다. 설사 그 사람이 난생 처음 통화한 사람이더라도 말이다.

"제발, 저에게 주소와 전화번호를 알려주세요. 당신을 도와주고 싶어요."

"헉, 헉! 가슴이 타는 것 같아요! 어떡해요! 저 진짜 죽나 봐요!"

"정신을 잃으면 안 돼요. 주소를 말해요. 구급차를 보낼게요."

여자는 희미하게 사라져가는 정신을 부여잡고 가까스로 내게 동 이름과 아파트 이름을 말했다.

"안 돼요, 그냥 눈을 감으면 안 돼요. 몇 호인지 말해 줘요."

"어지러워요. 속이 메스꺼워요. 토해도 될까요?"

"물론 토해도 돼요. 하지만 그 전에 몇 호인지 말해 줘요."

"1204호예요."

나는 계속 여자에게 말을 시키면서 재빨리 메모를 했다.

'자살 기도! 위급! 이태원 ○○아파트 1204호!'

메모지를 밖에서 볼 수 있도록 상담실 유리벽에 대고 벽을 두드렸다. 다행히 그날의 담당 간사가 노크 소리를 듣고 고개를 들었다. 그녀는 메모 내용을 보더니 놀란 표정을 짓고는 서둘러 전화기를 들었다. 유리벽 밖에서 간사가 119에 구조 요청을 하는 동안, 나는 계속해서 여인에게 말을 걸었다.

"토했나요? 어때요, 정신을 차릴 수 있겠어요?"

"흑흑, 무서워요. 수면제를 너무 많이 먹었나 봐요. 이렇게 빨리 죽을 줄은 몰랐어요."

"안심해요. 곧 구급차가 갈 거예요. 당신은 죽지 않을 거예요. 저와 계속 얘기를 해요."

구급차가 도착하기까지 7분이 걸렸다. 119 구조대원이 전화를 넘겨받았고 나에게 상황에 대해 물었다. 나는 사랑의 전화 상담원이라고 밝히자, 그는 의외라는 목소리로 물었다.

"그럼 이 여자 분을 모르시나요?"

"예. 모릅니다. 오늘 처음 전화를 받았어요."

"왜 자살을 시도하고 낯선 사람에게 전화를 걸었을까요?"

"글쎄요. 아마도…… 달리 전화 걸 사람이 없었을 거예요."

여자는 병원으로 실려 갔다. 약 한 시간 후에 구조대원에게서 응급 처치는 잘 끝났으며 그녀의 생명에는 지장이 없을 거라는 전화가 왔다.

사랑의 전화 직원들과 상담원들은 이 소식에 기쁨의 박수를 쳤다. 조마조마했던 마음이 풀리는 순간이었다. 그때까지 나는 다른 상담 전화를 받지 못하고 의자에서 일어섰다 앉기를 반복하고 있었다. 긴장감으로 후들거리는 다리를 그제야 진정시킬 수 있었다.

그녀가 왜 자살 소동을 벌였는지 그 내막을 다 알 수는 없었다. 죽어 가는 것을 두려워하면서 그녀는 영어로 여러 번 욕을 내뱉었었다. 미국인 남편이 닷새째 집에 들어오지 않고 있다고 말했다.

119 구조대원의 말대로, 그녀는 죽음의 순간 사랑의 전화를 떠올렸고 전화를 걸었다. 만약 정말로 죽을 생각이었다면 아무에게도

전화를 걸지 않았을 것이다. 자살 시도자의 대부분이 주위 사람들에게 자살을 암시하거나 결정적인 순간, 자살 상황을 알린다. 누군가가 자신을 말려주길 바라는 것이다.

나는 상담 테이블에 앉아서 10분 정도는 상담 전화가 오지 않기를 바랐다. 다행히 전화는 없었고, 나는 그 시간 동안 자살 소동을 일으킨 그 여인의 마음을 헤아려 보려고 애썼다.

만약 내가 자살을 시도했다면 삶의 마지막 순간에 부모님이나 남편, 형제자매, 그것도 아니라면 친한 친구에게 전화를 했을 것이다. (안타깝게도 나의 부모님은 이미 오래 전 돌아가셨고, 외동딸인 나에겐 형제도 자매도 없다.) 그렇다고 내가 가족이나 친구들에게 마음을 잘 터놓는 사람은 아니지만, 그래도 이렇게 절박한 상황에서는 당연히 나를 조금이라도 사랑해 주는 사람의 얼굴을 떠올렸을 것이다.

그러나 그녀는 그렇게 하지 않았고 상대방이 누구인지조차 알 수 없는 사랑의 전화로 전화를 걸었다.

그녀 곁에는 정말로―전화를 걸 만한 누군가가―단 한 명도 없었던 것이다.

슬픔도 있고, 희망도 있고……

'정말 외롭다. 눈물 조절이 안 된다. 밤이다. 외로워서 대화를 했으면 하는데, 마땅히 전화할 사람이 없다.

마흔두 살. 적은 나이가 아니다. 많은 사람을 만났고 친구가 되었다고 생각했는데, 왜 나에겐 전화 한 통 할 사람이 없을까?

서럽다.

왜 나는 사람들의 사랑을 받지 못할까? 내 성격에 문제가 있는 걸까? 내가 못돼서 혼자가 된 걸까?

잠이 오지 않는다. 정말 싫다. 내가 이런 모습으로 늙어서 이런 고민을 하리라고는 상상도 못했었다.

나는 이대로 정신이 돌아버리는 건 아닐까?

다시 엉엉 운다. 나의 외로움은 절박하다, 너무나도.

몸서리치도록 외롭고 무섭다.'

새벽 7시에 걸려 온 전화였다. 나는 막 사랑의 전화에 도착하여 커피 한 잔을 마시고 상담실 책상을 치우고 있던 참이었다. 봄이라서 창문을 열어도 좋을 정도로 바람이 맑은 새벽이었다. 오랜만의 새벽 상담. 바람 때문인지 콧노래를 흥얼거릴 정도로 기분이 좋았다. 그때 전화벨이 울렸다.

흐느끼는 여인은 두려움에 떨고 있는 것 같았다. 너무 외로우면 공포를 느낀다는데, 그녀가 바로 그런 상태였다. 외로움이 온몸을 휘감고 목을 졸라 금방이라도 숨이 막혀 죽어버릴 것만 같은 패닉 상태였다.

"전화 잘하셨어요. 저에게 무슨 말이든 하세요."

나는 그녀의 절박한 외로움을 따뜻하게 받아주었다. 외로운 사람에게 줄 수 있는 최상의 선물이 무엇일까. 그것은 열심히 들어주는 것, 관심과 따뜻함이 배어 있는 경청이다.

전화를 건 여성은 7년 전 이혼을 하고 쭉 혼자 살아왔다고 했다. 너무나 힘든 결혼 생활이었기에, 두 돌이 막 지난 아기를 미련 없이 시댁에 내맡기고 집을 나왔다. 결혼과 이혼으로 인한 상처가 너무나 컸기 때문에 남자에 대한 미련은 눈곱만큼도 없었다고 한다. 가게 하나를 운영하면서 조용히 살고 있는 중년의 여성.

하지만 몇 년 전부터 너무나 외로워지기 시작했다. 홀로된 어머니와 함께 살면서 그나마 외로움을 달랬는데, 1년 전 어머니마저 세상을 떠났다. 이제 이 넓은 세상에 그녀 혼자다. 아무것도 보이지 않는 칠흑 같은 어둠 속에 혼자 버려진 기분이라고 했다. 이제라도 사람을 만나 볼까? 남자를 소개받아 볼까? 하지만 자신은 외모도 별로고 성격도 그리 좋지 못하다. 예민하고 날카롭고 냉정하다. 오죽하면 아이를 버린 독한 년이란 소리를 들었을까.

자신이 없다. 세상에 나간다 해도 더 큰 상처만 받을 것 같다. 그냥 이대로 외로움에 질식해서 늙어 죽을 것 같다.

나는 그녀에게 작은 것부터 천천히 해보자고 말했다. 그녀의 외로움은 뿌리가 너무 깊어서 한 번에 치유되기가 힘들 것 같았다. 오랫동안 어둠 속에 갇혀 있던 사람이 밖으로 나올 때 두 눈을 가리는 것처럼, 그녀에겐 한동안 눈을 가릴 필요가 있었다.

"눈을 가리다니요?"

"그러니까, 예컨대 지금처럼 사랑의 전화에 전화를 하는 거예요. 여기에는 모든 사람의 이야기에 귀를 기울여 들어주는 사람들이 있어요. 세상 사람들과 만나서 대화하는 것이 두렵다면, 우선 우리에게 전화를 하세요. 할 말이 없어도 괜찮아요. 그냥 전화해서 지금처럼 외롭다 외롭다, 외치세요. 외롭다고 소리 내어 말할 수 있는 건 굉장히 건강한 거예요. 그러니까 당신은 아직 건강해요. 조금 슬플 뿐이죠."

나는 그녀에게 얼마나 많은 세상 사람들이 외로움에 신음하고 있는지 들려주었다. 40년을 함께 사이좋게 해로한 부부도 외롭고, 막 사랑을 시작한 연인도 외롭다. 남편에 자식에 친구들이 줄줄이 있는 여자들도 마흔이 넘으면 외로움에 대해 말하기 시작한다.

결국 인간은 외로운 존재다. 하지만 외롭다고 다 슬프지는 않다. 외로움은 우리로 하여금 그 외로움을 달래줄 무언가를 찾게 한다. 다시 말해서 열정의 근원이 된다. 사진 찍기에 열중하는 미혼의 여성, 사교댄스에 열광하는 중년 남성, 새롭게 바이올린을 배워보려는 중년 여성 등, 이들은 모두 외로움을 잊어보려고 그토록 요란스럽게 돌아다니는 것이다. 외로움은 텅 비어버린 정신적 허기와 같아서, 우리는 본능적으로 그것을 채우려고 기를 쓰게 된다. 그래야 살아남기 때문이다.

그래서 외로움 속에는 슬픔도 있지만 희망도 있다. 그녀는 울음 속에서 수화기를 들었다. 이제 그녀는 외로움을 채워줄 새로운 열정을 향해 한 걸음씩 다가갈 것이다.

친구가 되어준다는 것

"아니, 그렇지 않아요. 그렇게 해서는 안 돼요."

이 여성은 오늘로 나와 세 번째 통화하는 중이다. 시간은 벌써 밤 10시고 그녀는 술에 취해 있다. 그녀는 한쪽 귀에 수화기를 대고 나와 통화하면서 다른 손으로 핸드폰 버튼을 누르려 하고 있다.

"나와 좀 더 얘기를 해요."

"그 사람이 절 보고 싶대요. 울면서 보고 싶다고 메시지를 남겼어요. 마음이 아파요."

"그래도 한 번만 더 생각해 봐요. 당신은 지금 술을 마셔서 판단력이 흐려졌어요. 지난번에 그렇게 말했었잖아요. 절대로 만나지 않겠다고. 기억해요?"

"하지만……. 하지만 그 사람이 지금 울어요. 내가 전화를 걸어 줘야 해요. 내가 보고 싶대요."

그녀는 막무가내로 전화를 하겠다며 고집을 부렸다. 40분이 넘게 대화는 반복됐고 난 서서히 지쳐갔다.

"이건 당신 인생이에요. 당신이 알아서 하세요. 지금 전화를 걸어 서로 만나게 되면 그걸로 가슴은 후련해지겠죠. 하지만 무엇이 해결되나요? 그 사람과 계속 만날 건가요? 남의 눈을 피해 숨어서 사귈 건가요? 아니면, 그 사람을 이혼이라도 시킬 생각인가요? 선택은 당신이 하세요."

내가 전화를 마무리 지으려고 하자 그녀는 매달렸다.

"제발, 도와주세요! 전화를 끊지 마세요. 계속 저와 이렇게 얘기해 주세요!"

"보세요, 우리는 40분이 넘도록 똑같은 얘기를 반복했어요."

"무슨 말이라도 좋아요. 그냥 내가 그 사람에게 전화를 걸지 못하도록 계속 얘기해 주세요."

그녀는 흑흑거리며 울기 시작했다. 그녀도 전화를 걸 생각은 처음부터 없었던 것이다. 자신의 충동을 말려줄 진실된 친구가 필요했던 것이다.

나는 한참 동안 그녀의 흐느낌을 들어주었다.

"그래요……. 울고 싶으면 울어요. 실컷 울어요. 내가 어깨를 두드려줄게요."

나는 등받이 쿠션을 품에 안아 그것을 친구의 등인 양 토닥토닥 두드리기 시작했다. 그 규칙적인 토닥임이 그녀의 마음을 진정시키

는 데에 다소 도움이 될 것이다.

"휴우……. 선생님, 저 이제 다 울었어요."

"그래요? 잘했어요. 그럼 우리 커피 한 잔씩 마실까요?"

"예."

우리는 각자 수화기를 사이에 두고 커피를 준비했다. 나는 머그컵에 커피믹스를 털어 넣고 뜨거운 물을 부은 후 스푼으로 휘휘 저었다. 수화기 너머로 쪼르르 물 따르는 소리가 들렸다.

"선생님, 저 커피 타 왔어요."

"그래요. 우리 같이 마셔요."

우리는 각자 한 모금씩 후루루 마시고는 동시에 호호 하며 작게 웃었다. 비록 얼굴은 보이지 않지만, 우리는 같은 공간에서 함께 차를 마시고 있었다.

"선생님, 고마워요."

"뭐가요?"

"전화 안 끊고 계속 얘기해 주셔서요."

"무슨 그런 말을……. 이 전화는 당신이 원하는 한 언제든 열려 있어요. 전화를 거는 사람도 당신이고, 끊는 사람도 당신이에요."

잠시 말이 없더니 커피를 홀짝홀짝 두 모금 마시고 말을 계속 이었다.

"친구들하고의 관계도 이랬으면 좋겠어요. 내가 언제든 전화를 걸 수 있고, 하소연하면 들어주고, 위로해 주고……."

"얼마든지 그럴 수 있어요. 당신의 이야기를 듣고 싶어하는 친구들이 많이 있을 거예요. 용기를 내어 전화해 보세요."

그녀는 내성적이고 조용한 성격이었다. 좀처럼 자기 속내를 드러낼 줄 모르는 여자였다. 한두 명 친한 친구가 있긴 하지만 그 친구들과도 속 깊은 말은 하지 않았다. 그녀의 삶은 늘 깔끔하게 정돈돼 있었다. 이 지독한 사랑이 찾아오기 전까지는 너무나 깔끔했었다.

오늘 밤 내가 한 일은 상담자의 역할이라기보다 친구의 역할이었다. 나는 언니처럼, 혹은 이모처럼 그녀를 붙들고 어리석은 짓을 하지 못하게 그녀를 말렸다.

"선생님, 고마워요. 사랑의 전화 덕분에 이별을 수월하게 극복하고 있는 것 같아요."

"도움이 되었다니 정말 기뻐요."

눈물과 커피 덕분인지 그녀의 목소리가 한층 맑게 느껴졌다.

서랍 속의 수면제

"**수면제**를 사 두었어요. 오늘 밤에 그걸 먹을 거예요."

"오늘 먹을 거라고요? 정말이요? 언제 수면제를 샀나요?"

"한 달 전에 샀어요. 수면제는 장롱 서랍 안에 있어요. 나는 언제라도 그걸 먹을 수 있어요."

"그렇다면 한 달 전에도 당신은 죽고 싶었나요?"

"네. 늘 죽고 싶었어요. 한 달 전에도 일주일 전에도, 그리고 지금도……."

"그런데 어째서 아직까지 수면제를 먹지 않았나요?"

"그건……, 자꾸 엄마 얼굴이 떠올라서요. 엄마가 얼마나 슬퍼할지 걱정이 되어서요."

"그럼 오늘 밤은요? 오늘은 엄마 얼굴이 떠오르지 않나요? 오늘 죽으면 엄마가 슬퍼하지 않을까요?"

"물론 슬퍼할 거예요. 아주 많이."

나는 그녀의 본명을 물어서는 안 되었다. 대신 그녀를 미아 씨라 부르기로 했다. 나는 미아 씨에게 엄마와의 관계에 대해 물었다. 그녀는 엄마 얼굴을 본 지 10년이 넘었다고 했다. 스무 살이 되던 해 엄마와 크게 다투고 집을 나왔다. 사랑하는 남자가 있었고 둘이 함께라면 모든 일이 잘 되리라 믿었었다.

그러나 삶은 그렇지가 않았다. 남자는 3년 만에 그녀를 버리고 다른 여자에게로 갔다. 전세 보증금마저 챙겨 나갔기 때문에 미아 씨는 집마저 잃어버렸다.

그때 곧바로 엄마에게 돌아갔어야 했는데……. 미아 씨는 돈이라도 좀 벌어서 돌아가야겠다는 생각에 좋지 않은 길로 들어섰다. 천만 원을 모을 때까지만 하겠다던 유흥업소 생활이 7년이 넘게 이어졌다. 하지만 아직도 돈을 모으지 못했다. 엄마에 대한 그리움으로 7년을 참았는데, 남은 것은 엄청난 카드빚에 시들어가는 육체뿐이다.

"그냥 수면제를 먹겠어요. 여기 있는 사람들은 내 진짜 이름도 몰라요. 내가 죽어도 누가 죽었는지 아무도 모를 거예요. 엄마도 모를 거예요."

"그렇지 않아요. 경찰이 당신의 시체를 조사할 거예요. 지문을 알아내서 주민등록증을 조회할 거예요. 불과 몇 시간이면 경찰은 엄마에게 당신의 죽음을 알리게 될 거예요. 그걸 바라나요?"

"흑흑……. 아뇨. 엄마는 몰라야 돼요. 엄마에겐 나 하나밖에 없어요."

미아 씨는 흐느꼈다. 그리움이 복받친 울음이었다. 나는 남은 말을 쏟아냈다.

"지금이라도 늦지 않았어요. 엄마에게 돌아가세요."

"흑흑……. 흑."

"지금 당신을 그곳에서 빼내줄 사람은 엄마밖에 없어요. 도움을 청하세요."

"엄마가 지금 내 모습에 상처받지 않을까요?"

"물론 상처받으실 거예요. 하지만 오늘 밤 당신을 잃는 것보다는 덜 아픈 상처일 거예요."

"그럴까요? 엄마는 그래도 나를 원할까요?"

"그럼요. 엄마니까요. 엄마는 다 그래요."

그러고도 미아 씨는 한참을 흐느꼈다. 10분 정도 흐느꼈을 때 이미 통화 시간은 1시간이 훌쩍 넘어 있었다. 그녀가 숨을 고르는 소리가 들렸다.

"고마워요. 용기를 얻었어요. 내일 당장 엄마에게 전화를 할 수는 없겠지만, 그래도 오늘 밤 죽으려는 생각은 사라졌어요."

미아 씨는 모든 이야기를 다 해서인지 후련한 목소리였다.

그 뒤로 미아 씨는 세 차례 더 전화를 해왔다. 똑같은 이야기가 반복되었고 늘 엄마에게 돌아가야 한다는 것으로 스스로 결론을 내렸다. 하지만 정말로 엄마에게 돌아갔는지는 알 수 없다.

장롱 서랍 속의 수면제는 아직도 그 자리에 있을까. 아마도 미아 씨는 짐 속에 수면제를 숨긴 채 엄마에게 갔을지도 모른다. 엄마와의 관계가 잘 풀리지 않으면, 그녀는 다시 수면제를 떠올릴 것이다.

고독한 자들의 사회

사랑의 전화로 전화를 걸어오는 사람들이 수화기를 들게 된
사연은 너무도 다양해서 정리하여 말하기가 힘들다. 다만 한 가지
공통점을 뽑아본다면, 고민이 있는데 마땅히 하소연할 데가 없다는
것이다.

"이런 말을 누구에게 하겠어요. 정신병자 취급 당하기 싫어요."

남편의 바람기로 3년이 넘도록 우울증을 앓아 온 30대 여인은
모든 사연을 털어놓은 후 이렇게 말했다.

친구에게 큰돈을 떼이고 혼자 끙끙 앓고만 있던 한 여인은 가족
들이 알까봐 하루하루가 살얼음이라고 말했다.

65세의 한 남자는 정년퇴직 후 집에만 있는 답답한 마음을 아무
에게도 말할 수 없다고 했다. 아내조차도 자기가 옆에 다가가 말을
거는 걸 귀찮아한다는 것이었다.

"이런 마음 말한다고 누가 알아즈겠어요. 늙은이 신세타령으로
나 들리겠죠."

이것이 사랑의 전화에 전화를 걸어오는 사람들만의 특수한 상
황일까? 생각해 보면 나 역시도 마찬가지다. 가슴속에는 하고 싶은
말이 응어리가 되어 잔뜩 막혀 있는게, 막상 털어놓으려고 하면 그
대상을 찾지 못하는 것이다. 남편은 남편이라 힘들고, 자식은 자식
이라 더더욱 힘들다. 친구들 역시 내 말을 듣고 어떻게 반응할지 상
상해 보면 그 뒷감당이 두려워 차라리 아무 말도 하지 않는 편이 낫
다고 생각하게 되는 것이다.

정도의 차이는 있겠지만 대부분의 사람들이 어느 정도 이와 비
슷한 상황에 처해 있을 것이다. 우리는 하루에 수없이 많은 말을 쏟
아내지만, 정작 진정으로 하고 싶은 말, 해야 할 말은 하지 못한다.
밖으로 나오는 말은 그저 빈껍데기뿐이다.

그 결과는 우리 사회 전체의 고독으로 나타난다. 말하지 않으니
완전히 소통할 수 없고, 소통하지 않으니 이해받을 수도, 사랑받을
수도 없다. 그래서 우리는 서로 탓하고 헐뜯고 미워하면서 혼자라
는 고독감만 키우게 된다.

내가 20여 년 전 사랑의 전화라는 곳에서 자원봉사를 시작하겠
다고 했을 때, 주변 사람들은 이런 곳이 있다는 것을 무척 신기해했
었다. 그들은 정말 그런 곳에 전화를 걸어오는 사람이 있긴 있는 거
냐며 의아해했다. 자원봉사를 적극적으로 권했던 남편조차도 '전

화를 받아주는 봉사'에 대해서는 이해하지 못했다.

그때 나는 이렇게 말했다.

"세상에 뭐든 털어놓을 수 있는 친구는 단 한 명이면 충분하죠. 하지만 그 한 명을 갖기가 그렇게 쉬운 건 아니에요. 평생 못 찾기도 하고, 가졌다가 잃어버리기도 하고, 혹은 곁에 있는데도 모르고 살기도 해요. 그렇게 사방이 꽉 막힌 상자 속에 오래도록 갇혀 있다 보면, 누구에게든 뭐든 얘기하고 싶은 기분이 들기도 해요. 그 정도로 절실한 사람들이 전화를 거는 곳이 사랑의 전화예요."

그때 남편은 "흠, 그래?"라고 말하면서도 자신은 여전히 이해할 수 없다는 표정을 지었다. 내 주변 대부분의 사람들이 그랬었다.

하지만 요즘은 다르다. 요즘은 사랑의 전화의 필요성에 대해 다들 공감한다. 언제든 전화를 걸어 무슨 얘기든 털어놓을 수 있는 전화 친구가 있으면 참 좋겠다고 말한다. 자기도 고민이 있을 때 한 번 이용해 봐야겠다고 솔직하게 말하는 사람도 더러 있다.

이 변화는 무얼 말할까? 지금 우리는 여느 시대보다도 소통의 채널이 다양화된 세상에 살고 있다. 전화는 물론이고, 인터넷에 연결하면 멀리 떨어져 사는 친구와의 채팅, 이메일 교환, 사진 교환 등 무엇이든 가능하다. 덕분에 우리는 10년 혹은 20년 전에 이미 왕래가 끊겼어야 마땅한 사람들을 여전히 만나고 있다.

그러나 채널의 종류는 늘었을지 몰라도, 채널의 깊이는 더 얄팍해진 것이다. 대인 관계의 폭이 넓은 사람일수록 의외로 깊은 친구가 없는 것처럼, 많은 채널을 관리하다 보니 우리의 대화는 더욱 한정된 범위 안에서 피상적으로 굳어가고 있는 것이다.

둘러보면, 요즘 세상은 우리의 이러한 갑갑함조차 상업적인 수단으로 이용하기에 급급하다. 핸드폰에는 하루가 멀다 하고 폰팅 광고의 문자 메시지가 날아온다. 언제든 친절한 아가씨가 전화를 받아주는 전화방도 있다. 인터넷에서는 친구를 사귀는 사이트가 범람하고 있다. 또 PC방에서는 수많은 청춘들이 게임 속에 빠져 허전함을 달랜다. 사람들로 하여금 잠시라도 그 공허함을 잊게 해주는 비즈니스가 수많은 돈을 벌어들이는 것이다.

그러나 과연 이 방법이 효과가 있을까?

인터넷에서 읽은 한 유명 인사의 일화가 생각난다. 19세기 영국의 문인인 그는 배를 타고 미국 여행을 떠나게 되었다. 부두에는 떠나는 사람은 물론 그들을 전송하려는 친구와 가족들로 발 딛을 틈이 없었으나, 안타깝게도 그를 전송 나온 사람은 아무도 없었다.

자신을 위해 손을 흔들어줄 사람이 아무도 없다는 사실에 그는 몹시도 외로움을 느꼈다. 그래서 부두에서 놀고 있던 한 어린아이에게 "6실링을 줄 테니 내가 저 배를 타고 떠날 때 나에게 손을 흔들어주렴" 하고 부탁을 했다.

돈을 받은 아이는 정말로 열심히 손을 흔들어주었다. 그러나 그 모습에 안심이 되면서도 한편으로는 자신이 더 초라하게 느껴졌다. "돈을 받고 손을 흔드는 아이를 보니 더 큰 고독이 밀려왔다"고 그는 고백했다.

지금 우리 대부분이 그와 같은 감정에 빠져 있다. 외로움에 못 견뎌 그것을 달래줄―혹은 잊게 해줄―뭔가를 계속 시도하지만, 그럴수록 더 큰 공허감이 밀려오는 것이다. 술을 마셔보고, 노래방에 가서 사람들과 춤을 추며 고래고래 소리도 질러보고, 영화를 보고 커피를 마시며 오래도록 수다를 떨어보지만, 돌아오는 길에는 여전히 혼자 내버려진 기분에 사로잡힌다.

더 큰 문제는, 이제 우리의 고독은 위험 수위에 이르렀다는 것이다. 과거처럼 고독이 아픔만큼 성숙하게 만들고, 자아를 더 깊게 다

듣어주는 시대는 끝났다. 과거에 우리는 고독하면 생각을 했다. 깊게 사색하고 고민하여 변화를 모색했다. 그것으로 고독에 대항하여 이겨낼 수 있었다.

그러나 오늘의 우리들은 고독을 견디는 방법을 모른다. 그저 몸을 뒤틀며 고통스러워하다가 자포자기하거나, 정신이 이상해지거나, 그것도 안 되면 스스로를 죽인다.

사랑의 전화는 이처럼 고독이 스스로를 치는 칼이 되는 살벌한 세상 속에 놓인 가느다란 끈 같은 것이다. 모든 것이 사라진 텅 빈 어둠 속에 전화기 한 대와 전화번호가 놓여 있다. 아직 당신의 이야기에 귀 기울여 들어줄 사람이 남아 있는 것이다.

우리 사회의 | 우울함을 | 말해 주는 것들

1. 국내 우울증 인구는 1백만 명에 이르지만 10명 중 7명은 정신과 치료나 상담 없이 방치되고 있다.

2. 자살자의 80%가 우울증을 거친다. 2003년 자살자 1만932명 중 8,800명이 우울증으로 자살했다.

2. 알코올 중독자 140여 만 명의 65%는 우울증을 겸하고 있다.

3. 여성이 남성보다 높은 비율을 보이며, 특히 이혼이나 별거 상태에서 우울증에 알코올 중독을 함께 앓을 확률이 높다.

4. 한국의 자살률은 인구 10만 명당 24.2명으로 OECD 국가 중 가장 높다. 2위인 헝가리는 22.6명, 3위인 일본은 18.7명이다.

5. 2003년 한 해 동안 한국의 65세 이상 노인 2,760명이 스스로 목숨을 끊었다. 이는 10만 명당 71명으로 10명대인 미국, 호주 등에 비해 월등히 높다. 한국의 노인 자살률은 OECD 30개국 중 최고다.

6. 매년 사망하는 청소년 100명 중 약 16명은 자살로 사망한다.

아무도 나를 좋아하지 않아요

연지 씨는 서울 강남구의 초고층 아파트에 살고 있는 남부럽지 않은 주부다. 의사인 남편은 쭉 종합병원에서 근무하다가 몇 년 전 개원을 했고 병원은 잘 되고 있다. 아이들이 진학 문제로 속을 썩이긴 했지만 개인교사 들여서 둘 다 대학에 합격시켰다. 연지 씨는 마흔아홉의 나이에도 불구하고 미모가 상당하다. 귀티가 흐르는 인상에 몸매도 좋고 옷도 잘 입고, 돈 잘 버는 남편에 아이들까지 대학에 다 들어갔으니 좋은 것을 다 가진 행복한 여자다.

하지만 연지 씨는 한 달에 한두 번씩 외롭다며 자주 전화를 해왔다. 가끔은 술도 마시는 듯했다. 남들 보기엔 아름다운 궁궐의 왕비처럼 살고 있지만, 사실은 탑에 갇혀 잊혀진 인형이라는 것이었다.

3년 전까지는 모든 것이 행복했다. 그녀 스스로도 자신처럼 모든 행운을 다 가진 여자는 드물 것이라고 생각했었다. 지금까지 남편의 보호 아래 큰 고생 해본 적 없었고, 아이들 교육 문제로 좀 힘 들긴 했어도 모두 좋은 대학에 보냈으니 어깨 펴고 당당하게 다닐 수 있었다.

그러다가 남편이 바람을 피운다는 사실을 알게 되었다. 함께 일 하는 젊은 의사였다. 당장 정리하라며 따지니, 남편은 오히려 그녀 에게 이혼하고 싶지 않으면 가만히 있으라고 했다. 25년 동안의 결 혼 생활을 남들 부러움 받으며 풍족하게 살게 해주었으니 남은 인 생을 편안하게 사는 대가로 사랑만큼은 양보하라는 것이었다.

"나 계속 긁으면 내 입에서 이혼하자는 소리밖에 안 나와. 무엇 이 현명한지 잘 생각해 봐."

남편은 그녀의 성격을 잘 파악하고 있었다. 남의 시선을 의식하 고 뭐든 최고로 보여야 만족하는 그녀의 완벽주의 성격이 결국 남 편의 바람기까지도 받아들이고 말 것을 잘 알고 있었던 것이다.

그 후로 모든 것이 변했다. 하나 둘 문제점이 나타나기 시작했 다. 남편은 그녀를 이미 오래 전부터 사랑하지 않았노라고 말했다. 아이들은 엄마가 아빠를 너무 숨 막히게 해서 이렇게 된 것이라며 오히려 엄마를 탓했다. 누가 보아도 완벽했던 가정. 그러나 빨갛게 빛나는 능금 속에는 썩은 벌레가 웅크리고 있었던 것이다.

이제 남편은 생면부지의 남을 대하듯이 그녀를 본다. 그녀가 무 슨 생각을 하는지, 무슨 일을 하려 하는지 아무런 관심이 없다. 부부 동반 모임이 있어 필요할 때에만 가끔 그녀를 부를 뿐이다. 그런 장

소에 가서 연지 씨는 행복에 겨운 표정으로 완벽한 아
내 연기를 한다. 연지 씨는 남편을 위해 억지로 연기
를 하는 것인데, 남편은 소름이 끼친다고 말한다.

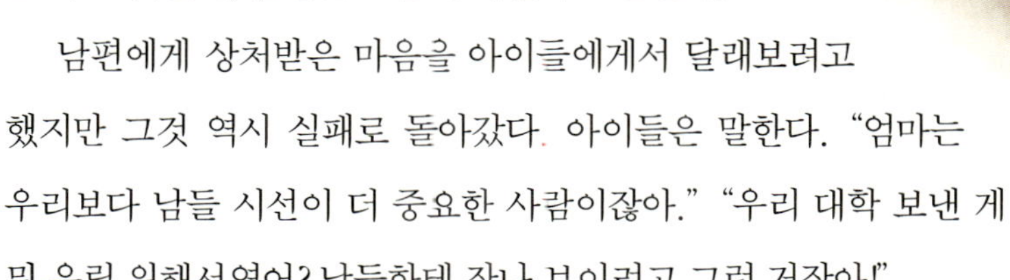

남편에게 상처받은 마음을 아이들에게서 달래보려고
했지만 그것 역시 실패로 돌아갔다. 아이들은 말한다. "엄마는
우리보다 남들 시선이 더 중요한 사람이잖아." "우리 대학 보낸 게
뭐 우릴 위해서였어? 남들한테 잘나 보이려고 그런 거잖아!"

연지 씨는 요즘 하는 일이 별로 없다. 가족들은 날이 밝는 즉시
집을 나가 뿔뿔이 흩어지고, 텅 빈 집 안에 연지 씨 혼자다. 백화점
에 가서 명품 구두며 핸드백, 시계 등을 의미 없이 사는 것이 유일한
낙이다. 친구들과 만날 때면 잔뜩 치장을 하고 간다. 친구들이 "어
머, 못 보던 가방이네. 또 신랑이 사줬어?"라고 물으면, 연지 씨는
활짝 웃으며 말한다. "응, 그이가 결혼기념일이라고 필요 없다는데
도 자꾸 사주네."

나는 그녀에게 남은 평생 계속 그렇게 살 수 있냐고 물었다. 연
지 씨는 계속 이렇게 살다간 속이 새까맣게 타들어가서 죽어버릴
것 같다고 말했다. 나는 또 물었다.

"그럼, 왜 지금 당장 그만두지 않으세요?"

"그만두라니요? 저더러 이혼하라고요?"

"이대로 살 수 없다면 이혼도 불사하셔야죠. 죽는 게 낫나요, 이
혼하는 게 낫나요?"

“남의 일이라고 함부로 말하지 마세요.”

연지 씨는 마음이 상해서 전화를 끊었다.

하지만 다음 전화에서는 내 이야기를 좀 더 받아들여 주었다. 나는 이혼을 하라고 권하는 게 아니라 지금 상황을 개선하기 위해 행동을 취하라는 뜻이라고 진심을 담아 설명했다.

“부끄러움은 잠시뿐이에요. 남의 시선이 그렇게 중요한가요? 남의 시선이 문제를 해결해 주지는 않아요. 최소한 친구들에게라도 털어놓고 하소연하세요. 비밀로 꼭꼭 싸매고 있으니까 더 힘든 거예요. 아니면 시부모님이나 친정 부모님께 알리고 도움을 청하세요. 남편이 관계를 정리하고 다시 가정으로 돌아올 수 있도록 할 수 있는 모든 방법을 다 해보세요. 애원도 하고 협박도 하세요. 그래도 아무 소용이 없다면, 그때는 정말 이혼이라도 해야지요. 그게 죽고 싶은 지금 상태보다는 나을 테니까요.”

그날 연지 씨는 자신의 태도에도 문제가 있다는 것을 인정했다. 남편이 너무나 밉고 헤어지고 싶지만, 그의 아내라는 자리가 주는 경제적 부유함, 사회적 지위 등을 잃게 되는 것이 너무나 두렵다고 털어놓았다. 나는 그게 그렇게 중요한 것이라면 더 이상 남편에게 미련을 둘 필요도, 애정에 굶주린 여자처럼 굴 필요도 없다고 말해 주었다. 가족의 애정은 없지만, 그래도 안락한 생활이 있으니 만족하고 그 안에서 마음을 둘 다른 대상을 찾는 것이 현명하다고 말했다. 공부도 좋고, 여행도 좋고, 혹은 자원봉사도 좋을 것이다.

"모든 것을 다 가질 수는 없어요. 우리 인생은 모두 이가 한두 개씩 빠진 컵과 같아요. 하지만 이가 빠졌다고 아까운 컵을 버릴 수는 없잖아요. 소중하게 장만한 나의 컵이니까요."

그날 연지 씨는 나와 약속했다. 남편의 외도를 받아들이고 현재 상태에서 자신의 길을 모색할 것인지, 혹은 남편과의 관계를 청산할 것인지, 둘 중 하나로 자신의 입장을 분명히 하기로. 그리고 그 결정에 따라 행동에 돌입하기로.

아내에게 말해요

가을비가 추적추적 내리는 오후, 낮게 가라앉은 목소리로 전화를 걸어온 사람은 47세의 아저씨였다. 그는 먼저 자신의 하루에 대해 들려주었다. 여느 날과 다름없이, 아침 일찍 일어나 서둘러 출근 준비를 했다고 한다. 아내가 바쁘게 와이셔츠를 다리는 동안 담배 한 개비에 기대어 잠을 깨고, 서둘러 세수와 면도를 한 후, 늘 그렇듯이 시간에 밀려 아침을 거른 채 회사로 향했다. 비가 내리는 출근길은 정체가 더 심했다. 가까스로 시간 안에 도착하여 책상 앞에 앉았을 때는 등줄기로 땀이 흐를 정도로 지쳐 있었다. 9시 반에 간부회의가 예정되어 있었다.

회의 분위기는 어두웠다. 경영자는 적어도 50여 명의 인원감축이 필요하다며 각 부서의 리더들이 정리해고 대상자를 지목해야 한다고 말했다. 그도 세 명을 지목해야 했다. 지난 4년 동안 동고동락

하며 애정을 기울여 키워온 부서였다. 비록 서로 마음이 맞지 않아 삐걱거리는 팀원들도 있었지만, 그래도 한 팀이라는 소속감으로 뭉쳐 있었다. 그는 누구를 지목해야 할지 막막했다. 자신의 결정에 의해 그 사람의 일생이 어두운 터널 속으로 빨려 들어갈 것을 생각하니 마음이 아팠다.

회의가 끝나고 다시 자신의 책상 앞에 앉았을 때, 그는 팀원들의 얼굴을 정면으로 바라볼 용기가 나지 않았다. 곧 정리해고에 대한 소문이 회사 전체를 휩쓸 것이고, 팀원들은 하나 둘 그의 눈치를 보기 시작할 것이다.

도망가고 싶다!

그는 담배 한 개비를 입에 물고 사무실을 나섰다. 외투를 걸치지 않은 채였지만 상관없었다. 어디든 이곳이 아닌 곳에 갈 수만 있다면 좋다고 생각했다. 차에 시동을 거는 순간, 해방감에 가슴이 탁 트였다.

액셀러레이터를 씽씽 밟으며 그는 교외로 향했다. 라디오 볼륨을 크게 하고 흘러나오는 노래를 따라 부르며 정신없이 2시간 정도를 달렸다. 그렇게 도착한 곳은 한적한 사찰이었다.

차를 세우고 그는 몇 군데 전화를 걸었다. 아내에게 한 통화, 그리고 형과 한 통화, 30년 지기 친구인 고등학교 동창에게도 전화를 걸었다. 그가 전화를 거는 건 아주 드문 일이었기에, 모두들 놀라며 무슨 일이 있느냐고 물었다.

"아니야……. 뭐, 그냥. 시간이 좀 나서……."

가장 가까운 세 사람에게 전화를 했건만, 그는 자신이 처한 상황에 대해 솔직하게 말할 수 없었다. 걱정을 시키는 것도 싫었고, 자신이 못난 사람처럼 보일까봐 겁이 났다.

그는 핸드폰을 만지작 거리다가 결국 사랑의 전화로 전화를 걸었다. 언젠가 잡지에서 보았던 전화번호를 기록해 두었던 것이다. 그의 전화는 여러 명의 카운슬러 중에 나의 방으로 걸려왔다. 나는 그의 이야기를 열심히 들어주었다.

"저에게는 두 가지 선택의 길이 있습니다. 하나는 철면피의 가면을 쓰고 직원 세 명을 자른 후 조직에 충성하는 개로서 열심히 살아가는 것입니다. 다른 하나는 당장 사표를 쓰고 회사를 나와 제2의 인생을 살아가는 것입니다. 저에겐 집도 있고 퇴직금도 있고, 저금과 주식도 조금 있습니다. 충분하지 않을지는 몰라도, 그 정도면 다른 인생을 시작하는 일이 가능하리라 생각합니다."

그는 중견기업의 간부답게 간결하고 논리적인 말투를 구사했다. 한 마디를 할 때마다 신중하게 고민하는 것을 알 수 있었다.

IMF 사태가 발생했던 1997년경부터 나는 이런 전화를 많이 받아왔다. 나 역시 생의 절반 이상을 샐러리맨의 아내로 살아왔기에 그의 심적 고통이 어떠할지 이해할 수 있었다. 그에게는 조직의 부속품으로서의 삶을 거부할 권리가 있었다. 하지만 한편으로는 안정된 삶을 버릴 용기가 없었다. 매달 꼬박꼬박 통장에 들어오던 월급이 갑자기 멈추게 될 때, 아내와 가족들이 어떤 반응을 보일지는 불을 보듯 뻔했다. 곧 대학에 들어갈 큰아이의 학비는? 어학연수를 원하는 둘째 딸은? 과연 그의 결정을 지지해 줄 사람이 있을까? 그는 회사에서 능력이 없다고 쫓겨난 것도 아니다. 잘 다니고 있던 직장을 그만두겠다고 할 때 누가 그의 손을 들어줄까?

나에게는 카운슬러이기 이전에 아내로서의 입장이 있었다. 고맙게도 나의 남편은 40년에 이르는 직장 생활을 굴곡 없이 끝까지 해주었다. 그는 단 한 번도 회사를 그만두고 싶어한다거나, 독립하여 사업을 해보겠다는 말을 한 적이 없다. 그렇게 흔들림 없이 정년 퇴직을 할 때까지 성실하게 직장 생활을 해준 남편이 아내 입장에서는 최고의 남편이 아닐 수 없다. 만약 그가 중간에 회사를 그만두고 싶어했다면 어떠했을까? 아마도 나는 여느 아내와 마찬가지로 좀 더 신중하게 생각해 보자며 그를 말렸을 것이다. 하지만 그가 반복하여 자신의 마음을 알렸다면, 결국 나는 손을 들고 그의 용기를 받아들였을 것이다. 경제적 안정보다도 남편의 행복이 먼저이기 때문이다. 세상 모든 아내들의 가슴이 나와 같지 않을까?

나는 그에게 내 생각을 말하기로 했다.

"당신의 생각을 아내에게 알리세요. 처음에 거부 반응을 보이더라도, 아내에게 거듭해서 알리세요. 당신이 회사 생활을 하면서 얼마나 힘들고 지치는지 모두 쏟아내어 말하세요. 아내도 그걸 알아야 당신이 왜 사표를 쓰고 싶어하는지 이해할 수 있잖아요."

그리고 그에게 구체적인 계획을 갖고 말하는 것이 설득하는 데 훨씬 유리하다고 말해 주었다. 아무 계획 없이 무작정 그만두겠다고 말한다면 세상에 어떤 아내가 찬성을 하겠는가. 그만두고 어떤 일을 언제 어떻게 시작할 것인지, 초기 사업자금에 얼마의 돈이 필요하며 그 돈을 어떻게 조달할 것인지, 생활비를 어느 정도 수준으로 줄여야 하는지, 필요하다면 아이들까지 동참시켜 정확하게 설명

해 주어야 한다. 대부분의 남편들이 아내에게 자세한 이야기를 하지 않는다. 그래서 아내들은 반대 입장만 고집하게 되고 서로의 대화가 막히게 되는 것이다.

"아내를 끌어들이세요. 득립하기로 한 이상, 아내도 당연히 그 몫을 함께 나누어야 해요. 고통 분담이란 말이 있잖아요."

우리의 전화 통화는 약 30분 정도 계속되었다. 그는 당장 해야

할 일이 생겨서 기분이 나아진 듯했다.

"그렇군요. 당장 계획부터 세워야겠군요. 우선 재산 점검부터 하고, 내가 구상해 온 사업에 대해 좀 더 구체적인 실행안을 짜야겠어요. 아내가 무엇을 도와줄 수 있는지 리스트를 작성해서 요구해야겠어요. 무엇보다 내 절실한 심정을 알릴 수 있도록 생각을 정리해야겠어요. 편지도 효과적이겠지요?"

나는 마지막으로 아내의 동의를 받아내기 전까지는 충동적으로 직장을 그만두지 않는 것이 좋겠다고 조언했다. 부부가 함께 결정해야 그 결과도 함께 받아들일 수 있는 공동의 책임감이 생기기 때문이다.

"행운을 빌어요. 좋은 결과가 있기를 바랄 게요. 그리고 혹시라도 아내와 대화가 잘 안 될 때면 꼭 다시 전화주세요."

그는 그러겠다고 약속하고 전화를 끊었다. 오늘 대화는 잘 풀린 것 같아 나 역시 기분이 좋았다.

10년의 변화

"**여보세요.** 사랑의 전화입니다."

"사람은 왜 그렇게 빨리 늙는 거죠?"

"예?"

난데없는 말에 나는 당황했다. 대화를 추스르기도 전에 와르르 이야기가 쏟아졌다. 황당함은 잠시, 나는 목소리를 통해 그녀가 누구인지 금세 기억해 낼 수 있었다. 나이는 50세 정도, 명문 여대를 졸업했고 한때 국립대학 교수의 아내로 사회적으로 높은 위치를 누렸던 여자다. 하지만 20여 년 전 이혼을 한 후 쭉 은둔하여 혼자 살면서 사회성이 희미해졌다. 그녀는 예절도 모르고 경우도 없는 편이다. 그녀가 사랑의 전화에 상담을 해온 지도 벌써 10년이 넘어간다. 그래도 지금은 많이 나아진 편이다. 10년 전 그녀의 모습을 생각하면 굉장한 발전이다.

10년 전의 그녀는 전화를 걸자마자 불쑥 엉뚱한 소리를 했다. 목소리는 금방이라도 싸울 태세였고, 말에는 요점이 없었으며, 궁지로 몰린다 싶으면 대화 중에도 아무 말 없이 전화를 뚝 끊어버렸다. 열심히 얘기하던 나는 혼자서 진을 뺀 것 같아 맥이 탁 풀리기 일쑤였다.

어느 날은 전화를 받으니 씩씩거리며 소리쳤다.

"지방대 나온 사람도 사람이에요?"

무슨 일인지 자초지종을 들어보니 재혼을 위해 선을 봤는데 상대방이 지방대 출신이라며 격분해 있는 것이었다.

"어느 대학을 나온 게 중요한가요? 사람 됨됨이가 더 중요하잖아요. 한 번 결혼해 봤는데 그것도 몰라요?"라고 말하며 달래봤지만 그녀의 마음은 진정되지 않았다. 교수의 아내였었고, 자신 역시 학벌 좋은 명문가 출신인지라 그 부분에서만큼은 절충이 안 되는 모양이었다. 계속 같은 말을 반복하기에도 지친 나는 결정적인 말을 던졌다.

"명문대 출신이 뭐 그리 좋나요? 명문대 출신 남편이 좋았다면 이혼은 왜 하셨어요?"

내 말에 그녀는 전화를 뚝 끊었다.

하지만 그 후로 잊을 만하면 전화를 해서 나를 찾았다. 내가 듣기 싫은 말을 하긴 해도, 나와의 대화가 편한 모양이었다.

곧 나는 그녀가 이혼하게 된 이유, 현재 처한 상황에 대해서도 하나 둘씩 알게 되었다. 결혼 후 5년은 행복했었다고 한다. 그러다 남편이 외국의 한 대학으로 연구유학을 가게 되면서 친구 한 명 없는 낯선 땅에 혼자 버려지게 되고 말았다. 원체 성격이 소심했기 때문에 영어를 배우거나 사람을 사귈 생각도 못했던 모양이다. 남편은 연구와 일에 빠져 바쁘게 보내고, 그녀는 알아듣지도 못하는 TV하고만 살다가, 결국에는 정신이 이상해지고 말았다. 남편이 그녀의 상태를 인식했을 때에는 이미 늦은 후였다. 이혼과 동시에 그녀는 한국으로 돌아왔고, 그 이후로 친정에서 살면서 쭉 외롭게 나이를 먹어왔다. 정신질환 치료를 받고 있어서 예전처럼 이상한 행동은 하지 않지만, 집에만 갇혀 지내다 보니 사회성은 백지상태였다.

나는 그녀에게 뭘 하든 밖으로 나가라는 말을 자주 했다. 집에만 있지 말고 무언가를 배우든지 일을 찾든지 아니면 교회라도 나가보라고 권유했다.

교회에 나가기로 결심하게 되기까지 2년 정도가 걸렸다. 보통 사람이라면 여기서 희망이 시작되지만, 그녀에겐 상당한 도전이자 위기가 되었다.

그녀는 처음 만난 사람에게 자신을 어떻게 소개해야 하는지도 몰랐고 이야기의 요점을 제대로 전달하는 방법도 몰랐다. 그녀의 투박한 말투는 상대방을 곧잘 기분 나쁘게 만들었다. 용기를 내어 교회에 가긴 했어도 그런 태도로는 사람들에게 받아들여지기 힘들었다.

그런 관계 속에서 정작 상처를 받는 것은 그녀 자신이었다. 하루는 누군가가 그녀를 보며 "키가 무척 크시네요"라고 말했다. 그날 그녀는 사색이 되어 전화를 했다.

"키가 크다는 게 칭찬이에요, 욕이에요?"

내가 칭찬이라고 대답하면 그녀는 욕이 분명하다며 울화통을 터뜨렸다. 또 하루는 누군가가 "오늘 옷을 예쁘게 입으셨네요"라고 말하자, 역시 화가 잔뜩 나서 전화를 했다. 늘 이런 식이었다.

나는 하나하나 그녀에게 설명해 주어야 했다. 처음 만난 사람에게 자신을 소개하는 법부터, 호감을 주기 위해 밝게 웃어야 한다는 것, 고운 말투로 명랑하게 말하는 법, 그리고 사람들의 말에 색깔을 입히지 말고 있는 그대로 받아들이는 연습을 시켰다.

나는 맘씨 좋은 친구이면서 동시에 가혹한 조언자가 되기도 했다. 때때로 그녀가 나에게 무례한 행동을 할 때에는, 모른 척하지 않고 내 마음이 상했음을 그대로 표현했다. 나는 그녀에게 사과하는 법도 가르쳤다.

더디지만, 그녀는 천천히 나아졌다. 이제는 교회 안에서 단짝이라 할 만한 친구도 생겼고, 함께 전도를 다닐 정도가 되었다. 아직 말실수도 많이 하고, 때와 장소에 안 맞는 엉뚱한 언행으로 문제를 일으키기도 하지만, 그래도 좋아지고 있다는 게 가장 중요하다.

"지금처럼 하면 돼요. 정말 좋아지셨어요. 아주 잘하고 계세요."

내가 칭찬을 해주면 그녀는 아이처럼 좋아한다. 재혼 문제가 해

결이 되지 않아 외로움에 힘들어하지만, 아직도 명문대 환상만은
버리지 못하고 있다. 내가 "이제 그만 고집 좀 꺾어요. 쉰 살이 넘은
아줌마가 무슨 콧대가 그렇게 높아요?"라고 말해도 요지부동이다.

이야기가 빈곤해서 외로운 사람들

물리학자들은 세상이 원자로 구성되어 있다고 말한다. 수학자인 내 아들은 세상이 수의 크기와 양으로 구성되어 있다고 말한다. 상당한 바이올린 연주자이기도 한 그는 바이올린의 악보마저도 수학적으로 읽는다. 어느 날 바이올린을 연주하다가 이렇게 말하는 것이었다. "어머니, 수학적인 머리가 없으면 음악가로 대성할 수가 없어요. 음의 높낮이와 길이를 곡조와 화음으로 아름답게 구성하는 건 수학적인 머리가 뒷받침되어야 해요."

내 아들조차도 자기의 시각으로 세상을 보는 것이다. 그렇다면 내가 세상을 보는 시각은 어떠할까? 사람들의 고민을 들어주고 이야기를 나누는 것이 내 일이다 보니, 내가 생각하는 세상은 이야기와 이야기를 하는 사람, 그리고 이야기를 들어주는 사람으로 구성되어 있다.

우리는 하루라도 이야기 없이는 살지 못한다. 사람은 이야기를 만들기 위해 태어나고, 이야기를 하기 위해 살며, 또 이야기를 들어주기 위해 존재한다. 인생은 여러 편의 작은 이야기들이 모여서 만들어지는 하나의 긴 이야기다. 자신의 이야기를 들려주고 싶은 것이 우리의 욕구이고, 또한 다른 사람들의 이야기를 들으려는 욕구도 존재한다.

지금 우리는 어떠한가. 자신의 이야기를 재미있게 만들어가고 있는가? 나의 이야기를 열심히 들려주고 있는가? 또한 나의 이야기를 열심히 들어주는 사람이 있는가? 이 세 가지 질문 모두에 "예스"라고 말할 수 있다면, 당신은 무척이나 행복한 삶을 살고 있는 사람이다.

대부분의 사람들이 그렇지 못하다. 스스로 만들어가는 이야기가 주제 없는 삼류소설처럼 지루하거나, 구성이 너무 단순하거나, 혹은 복잡하거나, 주인공이 아니라 조연으로 밀려난 기분에 휩싸인다. 그래서 자기 인생에 대해 열심히 말하고 싶은 의욕마저 잃어버린다. 하소연이라도 질펀하게 하고 싶은데, 그런 따분하고 우울한 이야기를 들어줄 사람은 없다.

그렇다. 사람들이 듣고 싶어하는 이야기는 재미있는 이야기다. 즐거운 이야기, 힘이 되는 이야기, 희망으로 가득 찬 이야기를 듣고 싶어한다. 만약 지금 당신이 아무도 자신의 이야기를 들어주지 않는다며 우울해하고 있다면, 그건 당신에게 남들이 듣고 싶어할 만한 이야기가 하나도 없기 때문일 것이다. 즐거움을 주고 힘이 되는 이야기를 한 보따리 갖고 있는 사람의 주위에는 친구들의 발길이 끊이지 않는 법이다. 당신이 외로운 이유는 당신 인생이 남들에게 아무런 영감도 주지 못하기 때문이다.

사랑의 전화에는 외롭다는 것 이외에는 할 얘기가 아무것도 없는 사람들의 전화가 쉼 없이 걸려온다. 그들의 인생은 지루하다. 열정도 없고 희망도 없다. 그들은 자신의 이야기를 들어주고 관심과 사랑을 나눌 사람을 애타게 찾는다. 하지만 진짜로 그들이 찾아야 할 것은 사람이기 이전에 이야기다. 열정과 희망으로 가득 찬 드라마를 찾아야 한다.

얼마 전에 걸려왔던 25세 청년의 전화는 딱하기 짝이 없었다. 그는 대인 관계에 자신이 없는 나머지 휴학을 했다. 군대는 면제 받았고 지금은 아르바이트를 하는데 되도록이면 사람과 부딪치지 않기 위해 편의점 아르바이트를 택했다. 그는 하루 종일 계산대 안쪽에 파묻혀 바코드 찍는 일을 한다. 손님들과는 눈도 마주치지 않는다.

날마다 인터넷 쇼핑몰을 들락거리며 자잘한 옷가지며 장신구를 사는 것 이외에는 전혀 하는 일이 없는 33세 노처녀의 전화를 받은 적도 있었다. 많은 물건을 사지만 그녀는 아무 일도 하지 않고 아무도 만나지 않는다.

25세, 33세. 누구보다도 많은 사람을 만나고 다양한 경험을 해야 할 나이다. 여전히 아이와 같은 호기심으로 세상을 바라보며 뭐든 도전하고 싶어할 나이다. 그런데 그는 그 나이에 편의점 안에 숨어 인생을 등지고 있다. 그녀는 쇼핑중독에 빠져 헤어나지 못한다. 두 사람은 가난하다. 돈이 없어서 가난한 게 아니라 남들에게 들려줄 이야기가 없어서 가난한 것이다.

40세, 50세가 되어도 마찬가지다. 늙어서 외로운 건 정당화될 수 있을까? 주위를 둘러보면 7, 80세가 되어도 사랑과 관심 속에 행복하게 늙어가는 사람들이 많이 있다. 이들은 늙었다는 이유로 안주하지 않는 사람들이다. 계속해서 새로운 계획을 세우고 행동하고 배우고 깨닫는 사람들이다.

나는 사람들에게 더 이상 외롭고 싶지 않다면 먼저 이야기 부자가 되라고 말한다. 수천, 수만 개의 이야기를 가진 이야기 백만장자가 되라고 말한다. 삶의 이야기가 차곡차곡 쌓인다는 것은 당신이 열정 가득한 성실한 삶을 살고 있다는 증거다. 들려줄 이야기가 많으면 친구를 만들기도 쉬워진다. 이야기는 강한 자력을 지니고 있어 사람을 끌어당기기 때문이다. 그것은 아름다운 외모가 가진 자력보다 더 강하고 더 오래 지속된다.

이야기가 갖고 있는 강한 힘에 대해 이미 깨달은 사람들은 오늘도 대화의 주제와 기술을 연마하는 데에 적극적이다. 이들은 열심히 책을 읽고, 신문과 인터넷으로 정보를 흡수하며, 새로운 무언가를 발견하고 감탄한다. 늘 꿈을 꾸며 그것을 이루기 위해 집중한다. 주변에서 이처럼 열정에 사로잡힌 건강한 사람들을 볼 때마다, 나는 여전히 편의점에서 바코드를 찍고 있을 그 청년과 인터넷 쇼핑으로 정신적 허기를 달래고 있을 그녀의 모습이 떠올라 우울해진다. 이들이 이야기의 궁핍으로부터 벗어날 날은 언제일까?

이야기 | 백만장자가 | 되는 법

1. 날마다 신문 뉴스를 빠짐없이 읽는다.

2. 화제가 되고 있는 사회, 정치, 문화적 사안에 대해 자신의 생각을 정리해 두고 누구와도 대화할 준비를 갖춘다.

3. 취미나 학문 등 자신의 전문 분야 하나를 정해 깊게 연구하라. 언제 어디서든 30분 정도 발표를 할 수 있도록 재미있게 발표문을 작성해 둔다.

4. 모르는 것에 대해 늘 호기심을 갖는다.

5. 새로운 것을 배울 때는 늘 감격하라.

6. 전혀 관심이 없는 분야에 대해서도 관심을 갖고 질문을 하여 상대방의 이야기를 이끌어낼 수 있는 기술을 갖춰라.

7. 여행을 하며 역사와 세계 문화에 대한 폭넓은 지식을 쌓아둔다.

The best way to say good-bye to loneliness

Part 2

사랑하는데 뭐가 문제예요

●●사랑하는 사람들은 왜 서로에게 상처를
주는 걸까요? 서로에게 유일한 존재임을 알고 사실은 세상 무엇보다도 소중히
여기는 마음이 있는데도 왜 서로를 할퀼까요. 사랑한다는 말 한마디를
아껴서 그런 건 아닐까요. 더 이상 미루지 말고 지금 당장 마음을 표현해 보세요.
그동안 잊고 있었던 그 사람의 환한 미소로 당신의 하루가
보석처럼 반짝반짝 빛나게 될 테니까요.

자주 전화해 주고 밥은 먹었냐고 물어주고

날씨가 쌀쌀하니 옷 잘 챙겨 입으라고 말해 주어야 한다.

늘 하는 말이라도, 그것이 사랑하는 사이에 오가는 대화다.

그 남자의 마지막 사랑

사랑의 전화의 여러 상담 중에서 나를 가장 힘들게 하는 건 사랑에 빠진 사람들의 전화다. 사랑에 빠졌다니 축하해야 마땅한 일인데 그럴 수가 없다. 대부분 이루어지기 힘든 사랑이거나, 비밀 속의 사랑이거나, 불륜인 경우이기 때문이다.

20여 년 전 처음 사랑의 전화 상담을 시작했을 때에는 세상에 이렇게 많은 불륜이 있다는 사실에 충격을 받았었다. 그때의 나는 온실 속의 화초처럼 살아온 아줌마라서 세상 물정에 어두웠다. 불륜은 도덕적으로 용서받을 수 없는 일이고, 불륜에 빠지는 사람들은 다 어리석다고 생각했었다.

그러다가 나도 나이를 먹었다. TV 드라마 속 아름다운 불륜 이야기에 눈물을 흘리는 아줌마가 된 것이다. 고생한 아내를 놔두고 젊은 여자와 바람을 피우는 남편들의 모습에 분개하다가도, 초등학교 동창생과 몰래 데이트를 즐기는 중년 여성을 볼 때면 가슴이 콩닥콩닥 뛰기도 한다.

이미 사랑 때문에 설레도 보았고 아프기도 많이 아파보았다. 사랑 덕분에 온 세상을 다 가진 듯 행복했었고, 사랑으로 인내하고 희생하고 책임을 다하기도 했다. 이미 다 해본 일인데, 왜 사랑은 나이가 들어서도 계속 그립고 배고픈 것인지 알다가도 모를 일이다.

불륜에 빠졌다고 하소연하는 사람들의 이야기를 듣고 있으면 복잡한 감정이 교차한다. 시작할 때는 얼마나 짜릿했을까. 얼마나 좋았을까. 하지만 얼마나 두려울까. 둘만의 사랑으로 오래오래 계속될 수 있을까. 혹은 아름답게 끝날 수 있을까. 대부분의 불륜은 가장 좋을 때 멈추지 않는 한, 지저분한 파국을 맞는다.

정인수 씨는 마흔아홉의 인생을 너무나 성실하게 살아온 우리 시대의 가장이다. 20여 년에 걸친 결혼 생활은 아내와의 성격 차이와 경제적 문제 때문에 갈등이 쌓였지만, 그래도 가장으로서의 책임을 소홀히 한 적은 없다고 한다. 고생한 만큼 이제 먹고 사는 문제는 해결이 되었다. 하지만 아내는 여전히 입을 열면 돈 애기밖에 안하고, 아이들도 돈이 필요할 때만 아버지를 찾는다. 최근에는 아내의 쌍꺼풀 수술을 해주느라 큰돈을 썼다고 했다.

사람이 아니라 돈 버는 기계가 되어버린 그에게 그를 사람으로 대해 주는 따뜻한 여자가 나타났다. 올해 마흔의 이혼녀였다. 가끔 혼자 찾아가 술을 마시던 포장마차의 주인인데, 딸아이 하나를 혼자 키우느라 갖은 고생 다 한 여자인데도 성격이 억세지 않고 참하다고 했다. 무엇보다 자기 이야기를 귀 기울여 들어주는 것이 너무 좋았다고 한다. 차츰 포장마차를 자주 찾게 되었고, 험한 일을 혼자 하는 그녀가 안쓰러워서 영업이 끝난 후 정리도 함께 해주고 집에까지 바래다주기도 했다. 그러다가 정말로 좋아하게 되어버렸다. 하루라도 그 여자를 보지 못하면 미칠 지경이 되고 만 것이다.

여자는 이대로 좋으니 그냥 좋은 관계로 지내자고 한다. 하지만 그는 그녀를 좀 더 행복하게 해주고 싶다. 둘이 손잡고 여행도 가고 싶고, 백화점에서 근사한 옷도 사주고 싶다. 다이아반지는 아니더라도 금가락지 하나 정도는 끼워주고 싶다. 저녁이면 반겨주는 그녀의 집으로 가서 구수한 된장찌개로 저녁을 먹고 함께 잠자리에 들고 싶다.

"지난 20년 동안 집에 들어가는 게 좋았던 날이 없습니다. 나에게 관심 갖는 사람도 없고 그저 돈만 벌어주면 다였지요. 이런 저에게 마지막 사랑이 찾아왔습니다. 다 빼앗기고 이것 하나 남았는데, 이마저 포기해야 할까요? 저도 정말 이제는 행복해지고 싶습니다."

정인수 씨는 감정이 격앙되어 눈물까지 치솟고 있었다. 아직 아내에게는 알리지 않았다. 당장이라도 알리고 싶지만 포장마차의 그녀는 아내에게 알리는 즉시 짐을 싸서 사라져버리겠다고 말한다. 너무나 착한 여자다. 둘이 이렇게 사랑하는데, 함께 살 수 있는 방법은 없단 말인가.

나는 정인수 씨의 말을 처음부터 끝까지 열심히 들었다. 뭐라 할 말이 없었다. 그는 아내에게 어떻게 알리면 좋겠냐고 내게 물었다. 어떻게 알려야 충격이 덜하고, 가장 편하게 헤어질 수 있는지를 묻는 것이었다.

"제게 그걸 묻다니 너무 하세요. 저는 아저씨도 딱하지만 부인도 딱해요. 그리고 만나고 있다는 그분도 딱하네요. 계속 숨기면서 사귄다 해도 평생 비밀이 될 수는 없을 것이고, 그렇다고 아내에게 말을 하면 그분이 떠날 것이고, 또 아내도 상처를 받을 것이고, 정말이지 어찌 해야 좋을지 저도 모르겠어요."

나는 솔직하게 모른다고 말했다. 사랑의 전화에 상담을 하는 많은 사람들이 우리는 모든 정답을 알고 있다고 생각한다. 하지만 우리는 아는 것보다 모르는 게 더 많다. 특히 불륜에 있어서는 더욱 모른다. 어느 쪽이든 누군가는 반드시 상처를 받게 될 것이기 때문이다. 결국 선택은 본인 스스로 해야 한다. 물론 결과 역시 본인이 책임져야 한다.

나는 정답은 모르지만, 그래도 이런 문제를 털어놓고 하소연할 수 있는 잠깐 동안의 친구가 되어주었다. 아마 그에게는 이런 친구도 없었을 것이다. 남자들에게는 웃고 떠들며 술 마실 친구는 많아도 속내를 드러내놓고 대화할 수 있는 친구는 많지 않은 것 같다. 그는 과연 어떤 결정을 내렸을까? 전화를 받은 지 2년여가 지난 지금도 가끔 그의 안부가 궁금해진다.

여자가 되어버린 엄마

　부모들은 부모 자식 관계에 있어서 고민하는 건 자기들뿐인 줄 안다. 하지만 자식들 역시 부모 때문에 머리를 싸안고 고민을 한다. 20년 전과 비교해 볼 때 오히려 자식들에게 고통을 안겨주고 문젯거리만 일으키는 부모들이 날로 늘고 있는 것 같다. 그 내용도 경제적인 문제에서부터 외도, 비정상적인 성격으로 인한 충돌 등 참으로 다양하다.

　전화를 걸어온 22세의 유미 씨는 우연히 알게 된 엄마의 외도 때문에 괴로워하고 있었다. 핸드폰이 없던 엄마에게 갑자기 핸드폰이 생기고, 집안일을 팽개치고 밖으로 나돈 지가 6개월 정도 되었다. 한밤에 무슨 약속이 그렇게 많은지, 아버지가 늦게 들어오는 날에는 자정이 가까워도 들어올 생각을 하지 않았다.

　그러던 어느 날 욕실 앞을 지나가다가 소리 죽여 통화를 하고 있는 엄마의 목소리를 우연히 듣게 되었다.

"사랑해" 하며 애타게 속삭이는 엄마의 목소리……. 순간 하늘이 노래졌다. 그건 유미 씨가 알던 평상시 엄마의 모습이 아니었다.

학교에 다녀오면 따뜻한 밥상을 차려주던 엄마는 온데간데없었다. 유난히 멋을 내고, 화장이 진해지고, 전화가 오면 몰래 안방에 들어가서 애교 넘치는 목소리로 전화를 받는 낯선 엄마만 존재할 뿐이었다. 퇴근한 아버지를 맞으며 과장되게 쾌활한 목소리로 "밥 먹었어요? 저녁 차려줄까요?"라고 묻는 엄마의 모습이 더욱 가증스럽게 느껴진다고 유미 씨는 말했다. 아버지가 가져다준 월급으로 머리를 하고 옷을 사 입고 딴 남자를 만나러 나가는 엄마가 더럽게 느껴지기까지 한다고 털어놓기도 했다.

한번은 엄마와 크게 싸우다 악이 받친 유미 씨가 소리쳤다.

"엄마 바람 피우는 거 다 알아! 아빠한테 말해 버릴 거야!"

엄마는 정색을 하며 아니라고 펄쩍 뛰었다. 하지만 그때 이후로 유미 씨 눈치를 슬금슬금 살피는 엄마.

유미 씨의 상태는 좋지 않았다. 요즘은 밤마다 이상한 꿈을 꾼단다. 엄마가 낯선 남자와 섹스를 나누며 괴성을 지르는 꿈이다. 소리를 지르다가 꿈에서 깨어나면 혼자 흐느껴 운다. 이제 엄마가 하는 말은 모두 위선처럼 들린다.

"가끔은 아빠에게 다 일러바치고 싶어요. 엄마가 이혼을 당해서 집에서 쫓겨났으면 좋겠어요! 아니, 그냥 가출해서 제 맘대로 막 살아버리고 싶어요!"

이야기를 듣고 있으니 내 마음이 많이 아팠다. 자식이 잘못되면 부모는 피눈물을 흘리긴 해도 스스로를 학대하지는 않는다. 하지만 부모가 잘못하면 아이는 자기 인생을 망치는 것으로써 온몸으로 반항한다. 유미 씨는 엄마가 미워서 가출을 선택하려 했고, 자기 맘대로 막 살아버리고 싶은 충동에 사로잡혀 있었다. 이미 대학 생활은 엉망이 되었고 성적은 곤두박질치고 있었다.

나는 우선 유미 씨가 진정으로 원하는 것이 무엇인지를 물었다. 정말 아빠에게 알리고 이혼이라도 했으면 하는 건지, 아니면 다시 예전의 엄마를 찾고 싶은 것인지 물었다.

"엄마가 정신 차리셨으면 좋겠어요. 저에게 잘못했다고 빌고 가정에 충실하셨으면 좋겠어요."

나는 말했다.

"그래요, 유미 씨. 원하는 게 바로 그거란 걸 저도 알 수 있어요. 그렇다면 가출을 하거나 공브에 소홀하거나, 아무렇게나 막 사는 것은 아무런 소용이 없어요. 그런 건 엄마가 돌아오게 하는 데에 아무런 도움이 안 돼요."

"그럼, 전 뭘 해야 하죠?"

"엄마에게 유미 씨의 마음을 알리세요. 엄마가 다시 가정으로 돌아오길 바라고 아빠를 더 이상 속이지 않기를 바란다고 말하세요."

"엄마가 그럴 수 없다고 하면요?"

"힘들겠지만, 그때는 유미 씨가 받아들여야 해요. 이제 유미 씨도 성인이잖아요. 엄마의 인생은 엄마 거예요. 엄마가 어떤 결정을 내리든 유미 씨 인생이 휘둘리지는 마세요."

우리는 그날 부모와 자식 간의 관계에 대해 많은 이야기를 주고받았다. 자식은 부모가 한결같기를 바란다. 늘 그 자리에서 돌봐주고 베풀고 책임을 다해왔던 든든한 버팀목의 모습 그대로…….

훌훌 자신의 인생을 찾아 떠나려는 부모의 모습은 받아들이기 힘들 것이다. 그러나 유미 씨도 나이가 들면 언젠가는 엄마로서의 엄마가 아닌 한 여자로서의 엄마를 이해하게 될 것이다.

하지만 한동안은 힘들 수밖에 없겠지. 전화를 끊는 내 마음이 너무 무거웠다.

사랑하는데, 그들의 문제는 무엇일까?

늘 다투는 부부가 있다. 결혼 생활은 불과 1년밖에 안 되었지만, 부부 싸움으로 따지면 10년도 더 산 것처럼 지긋지긋하다.

두 사람은 사사건건 충돌한다. 뭐 하나 편안하게 넘어가는 게 없다. 처음 신혼살림을 차릴 때, 책꽂이에 책을 꽂는 일에서부터 두 사람은 부딪쳤다. 남편은 책을 주제별로 분류해서 꼽자고 했다. 하지만 아내는 책을 사이즈와 표지의 색상별로 분류해서 꽂아야 한다고 맞섰다.

국을 끓일 때 파를 큼직큼직 썰어 넣는 아내에 비해 작게 채를 썰어야 한다는 남편. 빨랫감을 벗어놓을 때 늘 옷을 뒤집어 놓는 남편과 이를 용납하지 못하는 아내.

그저 취향과 습관의 차이일 뿐인데, 두 사람은 이 간격을 끝내 좁히지 못했다. 두 사람의 대화는 늘 공격적이자 방어적이 되었다.

무심코 하는 말도 비난하는 소리로 들었고, 부탁은 강요가 되고 대화는 싸움이 되었다.

두 사람은 대화하는 방법을 잊어버린 지 오래다. 1년밖에 안 된 신혼부부가 다정하게 서로의 이름조차 부르지 않는다.

그런데 아내가 임신을 했다. 아내는 임신을 계기로 남편과의 관계가 예전처럼 회복되길 바라고 있다. 다른 임산부들처럼 남편에게 공주 대접도 받고, 먹고 싶은 걸 사다 달라면 한밤중이라도 달려 나가는 그런 남편의 모습을 보고 싶다. 아내는 그게 사랑이라고 생각한다. 불행한 지난 1년간의 결혼 생활을 견뎌냈고 불확실한 상태에서 아이까지 임신했는데, 사랑마저 없다면 이 결혼은 끝이라는 생각밖에 들지 않는다.

남편 또한 이런 생각을 갖고 있다. 1년 동안 너무나 힘들었다. 정말 헤어지고 싶었던 적이 많았다. 하지만 아내가 임신을 했고 이제 곧 아빠가 된다. 남편은 지금부터라도 다시 시작하고 싶다. 이제부터는 뭐든 아내에게 양보하고 잘해주리라 다짐을 한다.

하지만 이런 생각은 아내의 얼굴을 보는 순간 사라져버린다. 잘해주겠다던 다짐도, 양보하겠다던 생각도, 아내와 몇 마디 나누다 보면 짜증으로 돌변해 버린다. 정신을 차려보면 그는 여전히 예전과 똑같은 상황을 반복하고 있다. 불만에 가득 차 징징거리는 아내에게 버럭 소리를 지르고는 집을 나와버리는 것이다.

이제 아내는 임신 7개월이 되었다. 곧 부모가 될 텐데 이들에겐 기대나 설렘보다도 두려움이 더 많다. 태어날 아기에 대해 서로 어떤 생각을 갖고 있는지도 전혀 모르겠다. 아이에게 어떤 이름을 지어줄지, 아이를 어떻게 키울지, 어떤 부모가 되고 싶은지, 서로 이야기를 나눈 적도 없다. 아내는 우울증에 빠져 혼자서 흐느껴 운다. 남편은 집에 들어오기가 싫어 술을 마시며 밤길을 헤맨다.

두 사람이 원하는 것은 아직도 똑같다. 아내는 남편의 사랑을 원하고 남편은 아내에게 정말 잘해주고 싶다. 아내의 웃는 모습을 보고 싶다. 그것뿐이다. 남편은 아내를 아끼고 사랑하면 되고, 아내는 남편에게 웃어주면 된다. 그런데 이 간단한 걸 그들은 왜 서로에게 해줄 수 없을까? 서로 같은 마음을 갖고 있는데도 불구하고 자꾸 딴 방향으로 틀어지는 이유는 뭘까?

그 이유는 이들에게 대화의 기술이 부족하기 때문이다.

대화에 무슨 기술이 있을까 생각하겠지만, 기술이 있다. 똑같은 말을 해도 어떤 사람은 상대방의 기분을 좋게 만들고 어떤 사람은 기분을 상하게 만든다.

생일 선물로 남편에게 진주 목걸이를 받고 싶어하는 여자가 있다고 하자. 한 여자는 갖은 어교와 사랑스러운 표현으로 남편에게 기분 좋게 진주 목걸이를 받아낸다. 하지만 다른 여자는 징징거리고 화를 내어 겨우 받아내지만 별로 기분이 좋지 않다. 남편 역시 선물을 해도 아내가 웃지 않으니 보람이 없다.

결국 어떻게 말하느냐에 따라 똑같은 말이 다른 말이 된다. 한마디로 'What to say' 보다 'How to say' 가 더 중요한 것이다.

진주 목걸이를 기분 좋게 받아낸 아내는 아마도 이렇게 말했을 것이다.

"여보, 나 이번에 생일 선물로 진주 목걸이 받고 싶어. 당신이 사주면 정말 행복할 거야."

아주 간단하고 직접적으로 자신이 원하는 것을 말했을 것이다. 물론 활짝 웃는 얼굴로.

하지만 화를 내어 억지로 받아낸 여자는 이렇게 말했을 것이다.

"당신 이번에 내 생일인 거 알지? 선물 뭐 사줄 거야? 설마 이번에도 싸구려 선물로 그냥 넘어가려는 건 아니겠지?"

그녀는 웃음이 아니라 짜증과 위협으로 대화를 시작했고, 원하는 것을 정확하게 밝히지도 않았다. 남편은 뭘 어떻게 하라는 건지 도통 알 수가 없다. 아내가 뭘 원하는지 모르니 남편은 현금을 주겠다고 한다. 어차피 해줘봤자 아내는 좋아하지 않을 거라고 생각하기 때문이다.

하지만 돈을 주겠다는 말에 아내는 화가 치민다. 아내가 원하는 건 함께 보석상점에 가서 다정하게 선물을 고르는 것인데, 남편은 귀

찮은 일 해치우듯 돈으로 해결하겠다고 말하니 말이다. 두 사람은 서로 씩씩거린다. 남편은 원하는 걸 사주겠다는데 왜 화를 내는지 알 수가 없고, 아내는 사랑이 담기지 않은 그의 태도에 자존심이 상한다.

'왜 나는 그에게 사랑받지 못하는 걸까?

'왜 아내는 나에게 웃어주지 않는 걸까?

이들에게 부족했던 건 무엇일까? 바로 대화의 기술인 것이다.

아내는 웃음과 미소로 대화를 시작하지 않았다. 또한 원하는 것을 구체적이고 실질적인 언어로 표현할 줄 몰랐다. 남편이 스스로 자신의 심정을 헤아려주길 바라며 매우 모호하게 말했던 것이다.

남편은 성급했다. 아내가 뭘 원하는지 정확히 말할 때까지 끝까지 기다려주지 않았다. 얼른 상황을 해결하기 위해 성급한 결론부터 말했다.

우리는 수십 년을 살아오면서 스스로의 언어 경험을 쌓아 자신도 모르는 언어 습관을 갖게 된다. 그리고 그 자체에 아무런 문제가 없다고 생각한다. 하지만 과연 그럴까? 말을 잘하는 사람은 많지만, 제대로 대화할 줄 아는 사람은 많지 않다. 무엇을 말하느냐에 빠져서 어떻게 말하느냐에 대해서는 전혀 고민을 하지 않기 때문이다.

말 한 마디로 천 냥 빚을 갚는다는 말이 있다. 바꿔 말하면 말 한 마디로 평생 씻을 수 없는 깊은 상처를 줄 수도 있다. 당신이라면, 말을 사랑을 표현하는 도구로 쓸 것인가, 상처주고 괴롭히는 수단으로 쓸 것인가?

싸움으로 | 번지지 않는 | 부부 대화법

1. 웃는 얼굴로 말할 것. 찡그린 얼굴, 불만으로 가득한 얼굴로 말하면 상대방 역시 똑같은 얼굴로 말할 수밖에 없다.

2. 말로써 상처주지 말 것. 인신공격적 표현을 쓴다거나, 당신 때문에, 당신이 잘못해서 등등 상대방을 탓하는 표현, 헤어지자, 이혼하자 등등의 관계를 뒤흔드는 표현을 쓰는 것은 돌이킬 수 없는 상처를 준다.

3. 열심히 들어줄 것. 이야기를 들어주는 것만큼 확실한 사랑법은 없다. 중간중간 상대방의 감정에 감응하는 표현을 해주어 충분히 이해받고 있다는 걸 알려주어야 한다. 내가 느끼는 감정에 상대방이 공감해 줄 때, 100% 소통의 쾌감이 형성된다.

4. 원하는 걸 정확하게 말할 것. 사랑하는 사람들은 말을 하지 않아도 자신이 원하는 걸 상대방이 알아주기를 바라는 마음이 있다. 하지만 우리는 초인이 아니다. 아무리 잘 통하는 사이라 해도 솔직한 의사 표현이 없으면 상대가 뭘 원하는지 알 수가 없다. 빙 둘러 말하는 것은 오히려 추측과 오해를 불러일으킨다.

5. 끝까지 기다릴 것. 사랑은 참을성이다. 때로는 스스로도 자신이 원하는 것이 뭔지 모른 채 짜증과 한숨으로 상대방을 괴롭힐 때가 있다. 이럴 때는 생각을 정리하고 진심을 말할 수 있을 때까지 인내심을 갖고 기다려주자.

상처가 행복의 발목을 붙잡을 때

케이블 TV에서 방영하는 「개구리중사 케로로」라는 일본만화가 있다.

지구를 정복하겠다는 계획 하에 잠입한 다섯 명의 외계 개구리들이 주인공이다. 이 중 도로로 병장이란 캐릭터는 어린 시절부터 케로로 중사에게 시달림을 많이 받아 성격이 살벌해진 암살병으로 나온다. 그러나 기억이 되살아나 트라우마 스위치가 작동되면, 도로로는 끔찍한 기억들을 돌이키며 어린 아이처럼 눈물을 펑펑 쏟는다. 보다 못한 케로로는 도로로의 트라우마 속으로 뛰어 들어가 기억을 덮어씌우는 작업을 한다. 기억을 덮어씌울 때마다 도로로의 상처가 하나씩 사라진다.

그저 만화일 뿐이라고 말하기에는 심오한 구석이 있다. 트라우마란 과거에 경험했던 생명을 위협할 정도의 심각한 육체적, 정신적 충격을 뜻하는 정신분석학적 용어로, '외상후 스트레스 장애' 라는 심한 정신질환으로 이어질 수도 있다.

장준호 씨에게는 세 살배기 딸이 하나 있다. 그는 마음속 깊이 딸을 사랑하고 소중히 생각하고 있지만, 아빠로서 딸을 어떻게 대해야 할지 잘 모르겠다. 소리를 지르고 빽빽 울어대는 딸을 보면 자기도 모르게 자꾸 손찌검을 하게 되는 것이다.

그는 정말로 딸을 사랑하는데 왜 우는 얼굴만 보면 때리게 되는 걸까? 아무리 후회를 하고 절대로 때리지 않겠다고 다짐해도 소용이 없다.

그러던 어느 날 그는 보았다. 울고 있는 딸의 모습 속에 있는 자신의 어린 시절 모습을. 어머니가 그를 심하게 폭행했던 일, 너무 많이 맞아서 온몸이 퉁퉁 붓고 피멍이 들었던 일, 어머니가 가죽벨트를 휘두르며 다가오는 소리에 오줌을 쌌던 일…….

그는 어느새 폭력적이었던 어머니의 모습 그대로가 되어 있었다.

너무나 놀랄 일이었다. 어머니와는 이미 20년 가까이 만나지 않았고, 그리 살갑지는 않지만 무난한 성격의 계모 아래서 잘 자라온 그였다. 그런데 왜 나이 30이 넘어 아빠가 된 후 딸 앞에서 이런 모습이 튀어나온 것일까?

그에게는 다른 문제도 있었다. 아내와 딸을 정말로 사랑하는데 그 사랑을 표현할 줄을 몰랐다. 아내가 애교를 부리거나 딸이 아빠를 부르며 방긋방긋 달려오면, 행복한 기분과 함께 알 수 없는 두려움도 덮쳐왔다. 그는 정색을 하며 아내와 딸을 밀쳐냈다. 잘해보려고 함께 외식도 해봤지만 어색하기만 했다. 주위에 행복한 가족들의 모습이 보이면 불편해서 얼른 자리를 피했다.

어머니로 인해 생긴 어린 시절의 상처가 그의 정신을 꼼짝없이 붙들고 있었다. 그는 알콩달콩 화기애애한 분위기를 견딜 수 없는 사람이 되어 있었다. 상처로 인해 얼어붙은 마음은 자신에게 외로움과 불행한 가정 생활이라는 형벌을 내리고 있었던 것이다.

트라우마는 어떤 식으로 극복할 수 있을까? 가슴속에서 수십 년 묵은 트라우마는 당사자의 무의식적 의지에 의해 일반적인 기억으로부터 분리되어 있지만, 자꾸 흘러넘쳐 다양한 방법으로 되돌아온다. 몸의 감각, 생각, 행동, 감정, 심지어 꿈과 같은 방법으로 자꾸만 돌출하는 것이다. 트라우마는 이처럼 '쫓겨나서 꽁꽁 숨겨진' 기억이 예상치 못한 방법으로 불쑥 터지는 것이기에 치료를 통해 하루 아침에 바뀌기란 쉽지 않은 일이다.

정신과 의사들이 접근하는 방법은 우선 숨겨진 기억을 끄집어내어 실질적 기억으로 만드는 것부터 시작한다. 밀어내면 밀어낼수록 더욱 강하게 침범하는 트라우마를 아예 실질적인 자료로 만들어 다큐멘터리화 하는 것이다.

우리가 친구에게 속상한 일을 털어놓으면서 속이 후련해지는 이유는, 이야기를 함으로써 그 기억이 마치 영화나 드라마의 일처럼 객관적 대상으로 자료화되기 때문이다. 아무리 힘들었던 일도

자꾸 생각하고 이야기하다 보면 어느 순간 더 이상 화가 나지도 슬
프지도 않은 단계가 온다. 마치 관심 없는 TV 화면을 바라보는 기분
으로 편안하게 기억을 떠올릴 수 있는 것이다.

물론 처음부터 이럴 수는 없다. 처음에는 이야기를 털어놓으며
통곡을 하고 울분을 터뜨린다. 하지만 기억의 재생이 반복되면서
어느 시점에 가면 이제 남의 이야기를 하듯이 아무렇지도 않게 이
야기할 수 있는 단계에 이르게 된다.

이것으로도 상당한 치료가 이루어졌다고 볼 수 있지만, 완전한 치료를 위해서는 환자의 위험하고 고립된 세계관을 안전하고 연결된 세계관으로 바꾸어야 한다.

정신적 외상이 있는 사람들은 항상 세상을 위험하게 느낀다. 누군가가 자신을 때릴 수도 있고 천재지변이 일어날 수도 있다는 생각에 사로잡혀 있다. 또한 아무도 믿지 않는다. 믿으면 배신을 당하고 다시 상처 받을 것이라는 두려움을 갖고 있다. 타인에 대한 신뢰감을 상실했기 때문에 마음을 열지도 않는다. 응석을 부리며 다가오는 딸을 밀쳐냈던 그의 행동은 아무도 믿지 않고 고립되어 있으려는 트라우마의 돌출이다.

이러한 배신감, 고립감을 신뢰와 연결로 바꾸려면 그의 이야기를 진지하게 들어줄 한 사람의 경청자가 필요하다. 정신과 의사나 심리상담사, 혹은 친구도 좋을 것이다. 가능하면 경청의 테크닉을 잘 알고 있는 전문가가 좋지만 아내가 사랑의 마음으로 귀를 기울여 준다면 효과는 그 이상일 수 있다.

그러나 이 일은 쉽지 않은 일이다. 때때로 트라우마를 치료한다는 것은 환자를 당시의 공포 상황으로 다시 밀어 넣는 일이 되기 때문이다.

장준호 씨는 나에게 자신이 겪은 일을 간단하게 설명하면서도 목소리가 떨렸고 말을 많이 더듬었다. 나는 그의 이야기를 듣는 첫 번째 경청자였다.

그건 좋은 징조다. 나에게 털어놓을 수 있다면 이제 아내에게도 털어놓을 수 있을 것이다. 나는 아내에게 모든 이야기를 털어놓으라고 설득했지만 그는 그럴 수 없다며 완강히 거부했다.

"지금 현재 당신과 가장 가깝고 당신을 가장 사랑해 주는 사람이 누구라고 생각하세요?"

"그야 물론 아내죠."

"당신의 아픔을 가장 잘 이해해 주고 다독여 줄 수 있는 사람이 누구라고 생각하세요?"

"그야, 아내죠."

"그래요. 아내예요. 이렇게 저에게 털어놓는 것도 나쁘지 않아요. 친구에게 털어놓는 것도 좋아요. 하지만 정말 구원받고 싶다면, 당신을 가장 염려하는 아내에게 털어놓으세요. 털어놓고 아내 품에 안겨 어린 아이처럼 엉엉 우세요."

"울다니요. 저는 어린 시절 이후로 한 번도 울어본 적이 없어요."

"우는 건 좋은 거예요. 눈물은 상처를 씻어주어 마음을 후련하게 해주니까요."

나는 그에게 용기를 내어 아내에게 이야기하라고 계속 설득했다. 지금 그의 해묵은 상처가 한 가정의 행복을 방해하고 있다. 그것을 치유하지 않으면, 이 가정은 불행해질 것이다.

"이건 지뢰를 제거하는 것과 같아요. 우리 마음속은 온통 건드려선 안 되는 위험 폭발물로 가득한 지뢰밭이나 다름없어요. 누군가 당신을 건드리면 지뢰가 터지면서 당신도 다치고 건드린 사람도 다치죠. 그러니 행복해지려면 이 지뢰를 제거해야 해요. 벌거벗으세요. 마음의 상처를 온통 드러내세요."

일방통행

어느 날 나보다는 나이가 한참 어리지만 친구라는 느낌으로 좋은 관계를 맺고 있는 정 양의 방문을 받았다. 오랜만에 만나는 그녀는 3년 동안 사귀어왔다는 남자친구와 함께였다.

함께 저녁을 먹다가 이야기는 전화 상담에 대한 것으로 자연스럽게 흘러갔다. 사람들의 고민을 들어주고 위로하고 함께 해결책을 찾는 것이 나의 일이라고 하자 남자친구가 말했다.

"그럼, 저희 두 사람의 고민도 좀 들어주시겠어요?"

정 양은 옆에서 "어어, 자기 왜 이래?"라며 난감한 표정을 지었다. 나로서는 좀 섭섭한 반응이었다.

나는 말했다.

"능력 있는 카운슬러를 옆에 두고 혼자 끙끙 앓아온 거야? 뭔데? 무슨 일인지 말해 봐."

정 양이 탐탁지 않아 하는 가운데 남자친구가 고민을 털어놓았다. 요즘 들어 부쩍 다툼이 잦아진 두 사람의 관계. 늘 싸우고 토닥거리는 게 연인이라지만 그가 보기에는 요즘 두 사람의 관계는 위험 수위다. 늘 불만에 가득 차서 매사에 신경질적이 되어버린 그녀. 그 신경질을 다 받아주기에는 하루하루가 너무 힘든 그.

3년이란 긴 시간을 사귀어온 만큼 서로 이해해 주고 기다려주면 좋을 것 같은데 그가 보기에 정 양은 너무 참을성이 없는 것 같다. 지금 두 사람의 관계는 살얼음을 걷는 듯 아슬아슬하다. 벌써 말다툼 끝에 헤어지자는 소리도 여러 번 한 상태다.

남자친구가 먼저 이야기를 시작하자 정 양도 마음이 바뀌었는지 솔직한 이야기를 털어놓았다.

"제가 원하는 건 간단해요. 우리는 서로 사랑하는 사람들이잖아요. 그렇다면 서로를 자주 찾아야 하잖아요. 매일매일 만나지는 못한다 해도 늘 연락하고 서로의 하루에 대해 묻고 생각을 나눠야 하잖아요. 그런데 언제부터인가 이 사람이 저에게 무관심해요. 제가 전화하지 않으면 전화도 없고, 내가 하는 이야기도 건성으로 듣고, 내가 어떻게 살고 있는지, 무슨 생각을 하는지 도통 관심이 없어요. 우릴 연인 사이라고 말할 수 있나요?"

곧이어 남자친구가 반론을 했다.

"허허, 관심이 없다니 그게 무슨 소리야! 나도 늘 네 생각을 해. 다만 지금 내 상황이 너무 힘들기 때문에 세세하게 신경 쓸 여유가 없을 뿐이야. 사랑하는 사이라면 상대방을 위해 배려를 해야지. 회사에서 늘 짜증나는 일뿐인데 너까지 나한테 스트레스를 주면 나는 어떡하니?"

"배려? 자기 배려라고 말했어? 그럼 난 뭐야? 내 생일조차 잊어버리고 일주일이 넘도록 전화도 안 하는 자기는 날 배려하고 있는 거야? 난 완전히 잊혀지고 버림받은 더러운 기분이라구!"

이러다간 내 앞에서 싸움이 날 것 같아 내가 나섰다.

"자자, 그만. 무슨 상황인지 감 잡았어. 내가 정리를 해볼게."

이 커플의 위기는 많은 연인들이 겪는 위기와 같았다. 이것은 남자와 여자의 차이에서 오는 위기이며, 동시에 대화의 스킬이 부족한 데에서 오는 위기이기도 했다.

"중요한 건, 두 사람은 여전히 서르를 사랑하고 있다는 거야? 그렇지?"

내 질문에 남자친구가 먼저 고개를 끄덕였다. 정 양은 심통이 나는지 빳빳하게 굳어 있다가, 한참 뒤에 고개를 끄덕였다.

"그래. 두 사람은 서로를 사랑해. 그걸 잊지 마."

내 말에 정 양이 불만스러운 듯 말했다.

"하지만, 사랑한다면 왜 관심이 없대요?"

나는 말했다.

"이미 남자친구가 그 질문에 대답을 했을 텐데? 본인 생활이 너무 힘들어서 그랬다고 말하잖아."

ONLY THIS WAY

"말도 안 돼!"

"아냐. 말이 돼."

여기서 나는 남자와 여자의 차이에 대해 간략하게 말해 주었다. 여자들은 힘든 일이 있으면 여러 사람들을 붙들고 하소연하고 끙끙거린다. 무슨 해결책을 바라는 것이 아니라 그렇게라도 풀어야 마음이 한결 가벼워지기 때문이다. 반면에 남자들은 힘들다는 한마디뿐, 더 이상의 말을 하지 않는다. 말수도 부쩍 줄어든다. 남자들은 고민을 해결하는 방법을 찾는 일에 집중하기 때문에 그 이외의 일에는 무감각해진다. 연인에게도 그 속사정을 시시콜콜 말하지 않는다. 말해 봤자 걱정만 시킬 뿐, 여자친구가 고민을 해결해 줄 수는 없다고 생각하기 때문이다.

"알겠지? 이 사람은 단지 힘든 시기를 보내고 있을 뿐이야. 섭섭하긴 하지만 이해해 주어야 해."

내 말에 정 양의 남자친구는 바로 그거라며 맞장구를 쳤다. 하지만 그도 잘한 건 없다.

"아무리 힘들어도 생일마저 혼자 보내게 한 건 너무하네요. 사랑하는 사람을 그렇게 외롭게 만들면 쓰나요?"

나는 그에게 사랑을 다치지 않고 곱게 키워나가려면 노력이 필요하다는 점을 강조했다. 어떤 관계도 저절로 잘 되지는 않는다. 이미 사랑을 확인하였고 서로 굳은 믿음을 갖고 있다고 해서 가만히 내버려두어도 그 관계가 그대로일까? 그는 관계를 방치, 유기하고 있었다. 기다리지 못하고 안달하는 정 양도 문제이지만, 관계를 방치하고 아무 문제의식을 느끼지 못하는 그 역시 문제였다.

관계는 일방통행이 아닌 쌍방향의 소통이 되어야 한다. 즉, 내가 한마디 건네면 그쪽에서도 한마디가 와야 한다. 자주 전화해 주고 밥은 먹었냐고 물어주고 날씨가 쌀쌀하니 옷 잘 챙겨 입으라고 말해 주어야 한다. 늘 하는 말이라도, 그것이 사랑하는 사이에 오가는 대화다.

"이제부터는 서로 많이 이야기하세요. 여자친구에게 걱정을 끼치기 싫어서 말을 아꼈던 마음은 이해해요. 하지만 연인들은 좋은 것도 아픈 것도 같이 나누는 사이예요. 당신의 연인은 당신에 대한 것이라면 뭐든 알고 싶어하고 들을 준비가 되어 있어요. 혹시 또 알아요? 그녀가 당신이 생각하지도 못했던 지혜를 나눠줄지도 모르잖아요!"

정 양은 옆에서 "그래, 자기야. 나는 자기에게 일어난 일은 뭐든 다 알고 싶어!"라고 큰 소리로 말했다.

정 양은 이날의 대화를 무척 후련해했다. 오랜 시간 말하고 싶었지만 늘 겉돌기만 했었던 대화가 이제야 핵심에 접근했다며 좋아했다.

정 양의 남자친구에겐 과제가 생겼다. 늘 표현과 행동이 부족했던 그가 말을 되찾을 수 있을까? 그러나 날마다 전화하는 것이 하기 싫은 의무가 되어서는 곤란하다. 힘들 때 저절로 생각이 나고, 저절로 수화기를 들어 통화하고 싶고 만나서 얘기하고 싶은 사람이 되어야 한다.

나는 한참이 지나 정 양에게 요즘 남자친구와의 관계는 잘 되느냐고 물어보았다. 그녀가 대답했다.

"하하, 일단 말문이 터지자 이야기가 봇물처럼 쏟아져 나오던데요. 요즘은 아줌마처럼 말 많은 수다쟁이가 되었어요."

두 사람은 곧 결혼을 준비 중이다. 좀처럼 말이 없는 과묵한 남편과 사는 나로서는 수다쟁이 남편을 얻은 그녀가 부러울 뿐이다.

꼭 알아야 할 | 남녀 대화 방식의 | 차이

1. 남자는 사실fact을 말하고 여자는 감정feeling을 말한다. 예컨대 여자가 "자기야, 나 머리 아파"라고 말하면, 남자는 "그럼 진통제 먹어"라고 말한다. 남자는 '두통'이란 문제는 '진통제'로 해결하면 된다는 사실 중심의 사고를 하기 때문이다. 하지만 여자는 진통제를 먹지 않고 계속 머리가 아프다며 칭얼거린다. 여자가 바라는 건 문제의 해결보다는 감정의 교류이기 때문이다. 남자가 여자의 머리를 쓰다듬으며 "자기야, 많이 아파? 힘들지?"라고 걱정해 주길 바란다.

2. 남자는 사실을 보이는 그대로 해석하지만 여자는 감정을 씌워 해석한다. 예를 들어 연인이 버스를 탔는데 빈자리가 있는데도 불구하고 멀리 떨어져서 앉는다면, 남자는 "멀리 떨어져서 앉아 있다"고 생각할 뿐이지

만 여자는 "우리 관계에 심각한 문제가 있다"고 생각한다.

3. 남자는 원하는 것을 직접적으로 말하지만 여자는 돌려서 말한다. 역시
   버스 안의 경우를 예로 들어 설명하자면, 함께 앉고 싶을 때 남자는 여자
   를 부르거나 혹은 여자에게로 간다. 하지만 여자는 남자를 부르지 않고
   가만히 기다리다가 이렇게 말한다. "자기 요즘 나한테 왜 이래?"

4. 남자는 문제의 해결과 행동을 원하지만 여자는 위로와 이해를 원한다.

5. 남녀가 서로의 언어를 완전히 이해하기는 힘들지만, 적어도 상대방의
   언어의 차이점을 알고 배우려는 자세를 갖춰야 한다.
   사랑은 바꾸는 것이 아니라 그대로 인정하는 것
   이다. 사랑은 상대방에게 좋은 점이 많기 때
   문에 하는 것이 아니다. 상대방의 많은
   단점에도 불구하고 사랑하는 것이다.

경제 불화를 극복하는 법

우리나라 이혼 커플 3쌍 중 1쌍은 경제 문제로 인한 불화 때문에 이혼하는 것이라고 한다. 또 부부가 별거하는 이유 1위도 경제 문제라고 한다.

경제 불화는 다양한 형태로 나타난다. 남편의 무능력, 아내의 과소비, 혹은 실직이나 사업 실패로 인한 파산, 생활고, 빚 등이다.

경제 불화가 이혼으로 이어지는 가장 큰 이유는, 돈 문제로 인해 지금까지 미처 몰랐던 상대방의 인격이 그대로 드러나기 때문이다. 예컨대, 빚이 많다는 것은 그 사람의 무계획성을 그대로 말해 준다. 빚을 낼 때는 그것을 갚기 위한 구체적인 계획이 있어야 하는데 계획 없이 돈을 빌렸고 감당하지 못하고 있기 때문이다. 과소비를 한다는 것은 성격상 결함을 뜻한다. 이것은 충동 조절 능력의 장애이며 정신과 치료가 필요한 일종의 강박증이다.

실직, 사업 실패, 파산 등의 상황은 그 자체로 엄청난 스트레스가 된다. 이러한 극도의 스트레스 상황에서 예전처럼 강하고 믿음직스러운 배우자의 모습을 찾아보기는 힘들다. 대부분 상당 기간 무기력감에 빠져 있거나, 분노나 슬픔 속을 헤맨다. 그리고 가장 가까운 남편이나 아내가 그 분노와 슬픔을 터트리는 대상이 된다. 돈 문제로 불화를 경험하는 부부들은 서로의 가장 치사하고 구차한 성격을 모두 보게 된다. 그래서 나는 남편의 실직 후 이혼을 요구하는 아내를 무턱대고 나쁜 여자로 비난할 수는 없다고 생각한다. 문제는 돈이 아니라 돈으로 인해 불거진 과행적 성격인 것이다.

45세의 한 여성은 남편이 실직을 한 후 벌써 2년째 생활을 나 몰라라 하고 있다고 하소연했다. 그녀는 돈 때문에 이혼을 요구하는 여자가 되기 싫어서 계속 버텼다. 하지만 무능력해진 남편은 알코올에 의존하면서 아내를 때리기까지 했다. 이 정도면 이혼을 요구할 충분한 이유가 된다.

아내의 과소비와 이로 인해 불어난 카드빚으로 이혼을 생각하고 있는 40대의 남성이 있었다. 그에게는 초등학교 6학년, 4학년의 두 아이가 있었다. 이혼을 하려니 아이들이 밟히고, 이대로 살려니 아내가 용서가 안 되었다. 카드빚은 무려 7천만 원에 이르렀다. 그는 돈은 어떻게 해본다 해도, 계속 아내와 살 자신은 없다고 했다. 10년여에 걸친 아내의 거짓말에 질릴 대로 질렸다.

42세의 한 여성은 결혼 생활 17년을 성실히 살아왔으나 남편으로 인해 하루아침에 빚 2억 원을 떠안게 되었다. 남편이 한마디 의

논도 없이 집을 담보로 사채를 끌어다 쓴 것이었다. 고리대금업자들이 들이닥치는 상황에서 남편은 자기만 쏙 숨어버렸다. 혼자서 모든 뒷감당을 다 하고 이제는 변두리 동네의 작은 빌라에 살고 있는 그녀는 식당에서 일하면서 가끔 찾아와 행패를 부리는 남편에게 돈까지 빼앗기고 있었다.

결혼 4년 차의 한 여성은 남편이 주식 투자로 집을 날리고 그녀 명의로 4천만 원의 빚까지 떠넘겼다. 지금은 달랑 남은 2천만 원 보증금을 빼서 다시 주식 투자를 하겠다며 온갖 협박과 모욕적 언행을 일삼고 있다. 게다가 허구한 날 외박에 여자 문제까지 얽혀 있다.

이런 경우, 이미 최악으로 악화된 상황에서 이혼을 피하는 방법은 없어 보인다. 뚜렷한 대안 없이 "그래도 가정은 지키셔야죠"라는 식의 어설픈 조언을 해줄 수도 없다. 이혼이 최선의 대안이라 판단될 경우에는 사랑의 전화에서 매주 월요일 운영하는 무료법률상담 서비스를 받아보라고 말해 준다.

가정이 경제 문제로 위기에 처한다면, 상황이 더 악화되기 전에 서로 마음을 모아 위기를 극복하겠다는 자세를 취하는 것이 무엇보다 우선이다. 보통 한쪽의 잘못으로 인해 가정 경제가 파탄이 난 경우, 다른 한쪽은 비난하며 몰아세우게 된다. 이때 비난을 하는 사람도 비난을 받는 사람도, 그 방법을 제대로 알아야 한다.

우선 비난을 하는 사람은 감정을 해소하되, 절대로 상대방을 궁지로 몰아서는 안 된다. "일이 이 지경이 되도록 왜 얘기를 안 했어?", "나도 모르게 이런 일을 벌인 거야? 당신이 어떻게 그럴 수 있어?" 정도의 말이 적당하다. 반면에 "이제 우린 끝장이야!", "당신이란 사람을 믿을 수 있을지 모르겠어" 같은 말은 상대방을 피할 곳 없이 몰아세우는 것으로 사실상 헤어지자는 이야기와 다름없다.

비난을 받는 사람은 자신의 잘못에 대해 충분한 사과와 반성의 자세를 보여주어야 한다. 부부 사이는 잘못을 저지르고도 아무 말 없이 넘어가도 된다고 생각하면 오산이다. "미안해. 내 잘못이야", "다시는 안 그럴게", "당신에게 이런 짐을 지워서 정말 미안해" 같은 사과와 반성이 있어야 용서가 가능하고, 그래야 함께 문제를 해결하겠다는 공동의 노력이 가능해진다.

이렇게 사과, 반성, 용서, 화해가 이루어지면, 이제 함께 손을 잡고 문제를 해결하기 위해 최선의 노력을 해야 한다. 아무리 어느 한쪽이 저지른 일이라 해도, 부부에게 일어난 모든 일은 두 사람 공동의 일이다. 지금이야말로 서르에게 힘이 되어야 한다.

결혼 후 미국으로 유학을 떠나 함께 공부를 하던 커플이 있었다. 남편은 로스쿨을 다녔고 아내는 경영학 석사 과정 중이었다. 아내가 석사 학위 수료를 목전에 둔 상황에서 시댁이 부도를 맞게 되었다. 학비와 생활비 조달이 불가능한 상황이었다. 결국 모든 계획을 접고 한국으로 돌아올 수밖에 없었다. 두 사람은 취직을 했지만 월급의 절반 이상이 시아버지의 빚을 갚는 데 들어가고 있다. 아내는 남편 때문에 자기 인생이 망가졌다는 생각에 사로잡혀 있다. 미안하다, 고맙다, 수고한다 말할 줄 모르는 남편과 시댁 식구들 때문에 이혼까지 생각하고 있다.

비슷하지만 다른 사례도 있다. 역시 시댁 식구들로 인해 엄청난 빚더미에 앉은 며느리의 이야기다. 한동안 남편과의 사이가 악화되었지만, 어느 순간 그녀 스스로 변화를 찾기 시작했다. 우선 불만에 가득한 얼굴을 웃는 얼굴로 바꾸었다. 남편을 탓하며 한숨 쉬는 자세도 버렸다. 돈은 있다가도 없는 것이고, 없으면 아껴 쓰면 된다고 생각하니 마음이 편해졌다. 아내의 모습에 남편 역시 달라지기 시작했다. 예전처럼 밝게 장난을 치고 아내의 어깨를 주물러주는 상냥한 남편으로 되돌아온 것이다. 지금 그녀는 가난하지만 남편에게 사랑받고 시댁에서 대접받는 며느리가 되었다. 마음을 모으니 경제적 문제도 해결할 수 있겠다는 희망이 생겼다.

당신이라면 어느 쪽을 택할 것인가? 경제 불화의 더 큰 문제는 이혼도 완전한 해결책은 아니라는 것이다. 이혼 이후로도 한참을 돈 문제로 힘겨운 시간을 보내야 한다. 당신을 정말로 괴롭히는 것이 무엇인가? 돈인가, 아니면 남편과의 관계인가? 남편이 지긋지긋하게 싫다면 어쩔 수 없이 이혼을 해야 할 것이다. 하지만 그저 돈 때문에 힘든 것이라면, 남편과 마음을 합쳐 극복해야 한다. 혼자보다는 둘이 함께 헤쳐 나가는 편이 훨씬 수월할 테니까.

연인, 부부 사이의 | 돈 문제 | 해결법

1. 연인 사이라면 결혼 전에 각자의 경제 상황에 대해서 솔직하게 털어놓는다.

2. 공동의 목표를 정한다. 예를 들어, 5년 동안 3천만 원을 저축하자는 목표를 정하고 예금, 주식, 투자 등의 설계를 한다.

3. 매달 용돈을 정하고 그 범위 내에서 계획성 있게 소비한다.

4. 비상시를 대비하여 늘 5백만 원 정도의 비상금을 마련하도록 노력한다.

5. 사고 싶은 물건이 있을 때에는 서로 충분히 상의하여 구입한다.

6. 카드는 되도록 쓰지 않되, 부부 공동의 카드 하나로 단일화하여 사용해야 관리가 쉽다.

7. 늘 투명함을 잃지 말자. 돈 문제는 숨기면 숨길수록 악화되는 법. 문제가 생겼을 때에는 도움을 청하여 함께 해결하도록 한다.

미움 속에 갇혀 사는 사람들

누군가가 너무너무 미워서, 그 미움 때문에 가슴이 터져버릴 것만 같아서, 그것을 쏟아내기 위해 사랑의 전화로 전화를 걸어오는 사람들이 많이 있다.

55세의 장 여사도 그런 경우였다. 그녀는 며느리에 대한 미움 때문에 불면증까지 앓고 있었다.

그녀는 며느리가 소름이 끼칠 정도로 싫다고 표현했다. 목소리만 들어도 신경이 거슬리고, 얼굴만 보면 구역질이 치솟아서 함께 밥을 먹기조차 싫다는 것이었다.

어쩌다 그렇게 되었을까? 며느리가 무슨 큰 잘못이라도 했을까?

"뭐 하나 예쁜 게 없어요. 얼굴도 못생겼고, 말도 예쁘게 안 하고, 살림도 엉망이고, 욕심은 많고, 항상 입이 비쭉 튀어나와 불만투성이 얼굴을 하고 있고, 남편 출근하는데 인사도 안 하고, 집안 일시키면 화난 얼굴이 되고, 시어머니 말은 늘 고깝게 들어요. 내가 그 아이 때문에 제명에 못 살고 죽을 것 같아요."

나는 "그럼 분가 시키세요"라고 말했다. 그녀는 펄쩍 뛰었다.

"누구 좋으라고 분가를 시켜요? 그런 돼먹지 않은 아이에게 내 아들 못 맡겨요!"

예상했던 반응이었다. 미움 때문에 고통스러워하는 사람들의 절대다수가 미움의 존재로부터 멀리 떨어지라고 하면 그건 말도 안 되는 소리라며 반발한다. 참 이상하다. 미우면 되도록 서로 안 보고 살아야 정답인데 오히려 찰싹 붙어 살면서 죽이지 못해 으르렁거린다.

"같이 사는 건 전혀 도움이 안 돼요. 떨어져 살면 여사님에게도 좋고, 며느님에게도 좋고, 또 아드님에게도 좋아요. 안 맞는데 같이 살면 서로 상처만 줘요. 최악의 경우 아드님이 이혼남이 될 수도 있어요."

내 말에 그녀는 "차라리 이혼이라도 시켰으면 좋겠어요!"라며 신경질적으로 되받았다. 며느리에 대한 미움 속에 사는 그녀의 마음은 악하기 그지없었다. 어떻게 자신이 싫다는 이유로 아들을 이혼 시키고 싶다고 말할 수 있을까? 그 악한 마음의 끝은 무엇일까? 결국엔 이혼을 시키고 아들을 불행하게 만드는 것일까? 이대로라면 그녀에게 어떤 미래가 올지 너무나 뻔했다. 지금 그녀는 자신의 삶을 지옥으로 만들고 있는 것이다.

사랑의 전화 상담을 시작했던 초기에는 내 나이도 어렸었고 경험도 없었던지라 이런 일에 무척 분개했었다. 전화를 걸어온 사람들의 상황과 논리에 동조할 수 없어 화를 다스리느라 힘들어하기도 했었다. 하지만 지금은 동의는 할 수 없어도 이해는 할 수 있다. 그녀는 아직도 아들을 자기 것으로 여기고 있다. 결혼을 시키고 나면 며느리의 남편인 것을, 아직도 자기 것인 양 착각하여 옆에 두고 주인 행세를 하려는 것이다. 특히 남편이 없거나 남편과의 사이가 원만하지 않은 여자들은 이런 경향이 더욱 심하다.

나는 길게 숨을 내쉬었다. 이럴 때는 내 경험을 통해 이야기해주는 게 가장 좋다.

"저에게도 며느리가 있어요. 저는 며느리와 같이 살아본 적도 없고 앞으로도 그럴 생각이 전혀 없어요. 같이 안 살았으니 그 아이가 남편에게 잘 하는지 살림은 어떻게 하는지, 애는 잘 키우는지 정확히는 몰라요. 어쨌든 가끔 들여다보면 행복하게 잘 사는 것 같아 흐뭇해요. 며느리 없었으면 우리 아들 아직 장가도 못 가고 혼자 청승 떨며 살았을 거 아니에요. 그러니 얼마나 고마워요? 저는 이제 나이도 먹었고 아들한테 매달려 살기 싫어요. 내 삶이 있으니까요. 여사님도 아들 부부는 내보내고 자기 삶을 사세요. 재미있게 살 날이 얼마나 남았다고 그러고 계세요?"

내 말에 그녀는 "아니, 나도 할 일 많고 바쁜 사람이에요. 걔 하는 짓이 너무 괘씸하고 미워서 그러는 거지……" 하며 말꼬리를 흐렸다. 며느리 욕을 실컷 하고 끊을 생각이었는데, 내가 들어주지 않으니 심기가 불편해졌는지 바쁜 일이 있다며 전화를 뚝 끊어버린다.

휴우. 그래도 내 진심은 충분히 전했다.

사랑의 전화 상담을 오래 하다 보니 세상의 비밀을 너무 많이 알아버린 기분이다. 사람들은 세상을 움직이는 힘을 사랑이라고 말한다. 하지만 사랑이 세상을 움직이는 것만큼이나 미움 역시 세상을 움직이고 있다.

이 땅에 누군가를 미워하며 사는 사람이 얼마나 많은지…….

아내가 남편을, 자식이 부모를, 친구가 친구를, 며느리가 시어머니를, 미워하고 또 미워한다. 미워하는 감정에 중독이 되어 벗어나지 않고 계속 미워만 한다. 그게 삶의 이유가 되어버렸기 때문이다.

때로는 미움이 악으로 번져, 저주하고 악을 행하기도 한다.

한 번은 남편이 빨리 죽으라고 백일기도를 하고 있다는 아내의 전화를 받은 적이 있다. 그러려면 헤어지지 왜 같이 사냐는 말에 그녀는 "죽으면 보험금 타먹으려고 그런다"고 대답했다.

시누이가 너무 미워서 여행길에 교통사고가 나길 바라는 여자도 있었다. 시어머니들은 며느리가 너무 미워서, 그 며느리가 고통받는 모습을 보고 싶어 극단으로 몰고 간다. 결국 이혼을 시켜 며느리 눈에 눈물을 쏘옥 빼내고 승리자가 된 양 의기양양하지만, 그 기분은 잠시뿐이다. 자기 아들도 똑같이 고통을 받고 있으며 이제는 자신이 증오의 대상이 되었음을 뒤늦게야 깨달을 것이다.

결국 괴로운 건 본인이 된다. 며느리 미워하는 재미에 살았는데 이제 미워할 사람도 없고, 아들은 엄마를 미워하고, 자기를 사랑해주는 사람은 아무도 없다. 당연한 일이다. 마음속에 미움만 가득한 사람이 어찌 사랑을 받겠는가? 자신조차도 자신을 사랑할 수 없는데 말이다.

욕심이 만든 불행

지순복 씨는 얼마 전 60세 환갑 생일을 쓸쓸하게 홀로 맞았다. 장성한 아들이 셋이나 있으니 해외여행은 아니더라도 화려한 잔칫상쯤은 당연히 받을 줄로 알았다. 하지만 기다려도 기다려도 자식들의 전화는 오지 않았다. 생일 전날 큰아들에게 전화를 해 크게 화를 내었다.

"돼먹지 않은 놈! 에미도 나 몰라라 하는 놈!"

안 그러려고 했는데 욕부터 터져나왔다. 놀라며 미안해할 줄 알았던 아들은 버럭 짜증을 냈다.

"환갑이 뭐 어쨌다구! 난 할 만큼 했어! 그만 좀 괴롭혀!"

두 사람은 이렇게 으르렁거리다가 전화를 끊었다. 지순복 씨는 너무 서러워서 하루 종일 꺼이꺼이 울었다고 한다. 젊은 시절, 식당에서 막일을 하며 어렵게 키운 세 아들이 이제 엄마 따위는 안중에도 없고 자기 가족들 챙기기에 바쁘다. 시어머니 알기를 거지발싸개처럼 아는 못된 며느리들은 가끔 찾아가면 귀찮아하는 표정이 역력했고, 냉동고에 버젓이 고기가 있는데도 김치 쪼가리 하나로 밥을 차린단다.

"그래서, 그냥 김치에 밥을 드셨어요?"

"미쳤어, 내가! 밥상 엎어버리고 니들끼리 처먹으라고 소리치고 나와버렸지!"

대화를 통해, 나는 지순복 씨의 성격을 대충 짐작할 수 있었다. 어려서부터 어려운 형편 탓에 교육은 받지 못했고, 젊은 시절 무능한 남편 아래 혼자 억척스럽게 아이들을 키우다 보니 성격도 드세졌다. 자식에게서 힘들었던 젊은 시절을 보상받겠다는 심리도 강하다. 이렇게 너무 많은 것을 바라고 거칠게 요구하니, 오히려 자식들은 엄마에 대한 오만 정이 다 떨어지고 말았다. 할 만큼 하려고 했는데 어느 하나 고마워하지도 않고 만족하지도 않으니, 이제 지쳐서 그만 하고 싶은 것이다.

지순복 씨는 자신에게 소홀한 자식들 때문에 불행하다 말하지만, 그녀가 정말 불행해진 이유는 바로 그녀 자신에게 있었다. 욕심과 화, 집착과 분노가 스스로를 불행하게 만든 것이다.

하지만 나는 이런 말을 먼저 건넬 수는 없었다. 우선은 지순복 씨의 분노와 화에 귀 기울여주는 것이 내 역할이다.

"환갑에 밥상 하나 차려주지 않다니, 정말 괘씸하네요. 하지만 어쩌겠어요. 자식들이 다 그래요. 키워 놓으면 자기 식구가 더 중요하지, 어디 부모 생각을 하나요? 저도 올해 나이가 육십이라서 잘 알아요."

나의 맞장구에 지순복 씨는 더 많은 말을 쏟아내었다.

"내가 아주 끝장을 낼 거야. 그놈들 내가 지금까지 쏟아 부은 돈 다 뱉어내라 할 거야. 한 놈당 1억씩 받아내고 아예 부모 자식 관계를 끊어버릴 거야!"

이쯤에서 나는 제지를 했다.

"아이구, 어머니. 그건 너무 하시네요. 1억이라니, 그 돈을 어떻게 받아내요? 자식 키우는 데 들어간 돈을 회수하겠다고 나서는 부모가 어디 있어요? 그냥 지들끼리 잘 사는 걸 다행이라 여기고 우리는 우리 인생 잘 챙겨야지요. 엄마가 빚쟁이처럼 달려들면 보기 흉해요."

다행히 지순복 씨에겐 모아둔 저축도 있고 매달 연금이 나오는 모양이었다. 게다가 며느리들에게 호통을 쳐서 매달 20만 원씩 받아내고 있다고 한다.

"그거면 됐네요. 노인 하나 사는 데 별로 돈 들 데 없잖아요. 그걸로 친구분들이랑 여행 다니고 맛난 것 드세요. 여유가 조금 더 있으면 손자들 용돈도 주세요. 등산을 다니시거나 취미 활동을 하세요. 돈 주면 고맙다 말하고 받으시고, 돈 안 주면 그냥 아껴 사세요. 아무리 고생한 어머니라도 주는 돈 덥석 받으면 자식들이 싫어해요. 적다 적다 불평하면 더 주기 싫어하고, 고맙다 고맙다 하면 더 많이 줘요. 어머니가 태도를 조금만 바꾸면 훨씬 사이가 좋아질 거예요."

지순복 씨는 "날더러 양보하라고? 아이구, 속 좋은 소리 하네" 하며 불평을 하긴 했지만, 그래도 내 이야기를 끝까지 들어주었다. 워낙 자식에 대한 집착이 강해서 멀찍이 떨어져서 자식들을 바라보는 일이 불가능했던 것이다. 하지만 그것이 자식이 행복해지고 스스로도 행복해지는 유일한 길이라는 것을 그녀가 깨달아주었으면 좋겠다.

The best way to say good-bye to loneliness

Part 3

절망의 끝엔
희망이 있어요

••오늘 하루도 많이 힘드셨죠? 왜 나에게만 이런 시련과 고통이 자꾸 찾아오는지 하늘에 대고 원망하고 싶을 만큼 힘든 날이었나요? 도대체 행복한 인생이란 게 존재하는지 의문이 생길 만큼 힘들었다면, 잠깐만 뒤돌아보세요. 이 절망이 오기 전까지 당신의 사소한 일상이 얼마나 평화롭고 소중했었는지, 그러나 당신은 그 순간을 모른 채 그냥 흘려보냈었지요. 이제 곧 절망이 끝나고 당신이 희망하던 행복이 온다면 다시는 바보처럼 놓쳐버리지는 않겠죠.

우리는 지나간 일에 대해 잘잘못을 따지며
입씨름을 하는 일에 많은 시간을 보낸다.
하지만 중요한 것은 '지금 여기'이다.
모든 대화는 '지금 여기, 이 상황에서 앞으로
어떻게 할 것인가'에 초점이 맞춰져야 한다.

갈수록 힘든 인간관계

우리 주변에는 싫어도 어쩔 수 없이 부딪치며 살아야 하는 사람들이 한두 명씩은 존재한다. 연인, 남편 등은 내가 선택해서 만난 인연이기에 쓰든 달든 받아들일 수 있다. 그러나 본인의 의지와 전혀 상관없이 주어진 사람들, 예컨대 부모, 직장 동료, 거래처 사람, 이웃, 시댁이나 처갓집 사람들과의 인연은 때때로 억울하다. 빠져나가려 해도 나갈 수가 없다. 미워서 죽을 지경이 되어도 웃어야 하고, 예의를 지켜야 하고, 해야 할 책임과 도리를 다 해야 한다.

나에게 처음으로 이런 경우가 주어진 것은 비교적 늦은 나이였던 서른 살 때였다. 그때는 남편의 직장으로 인해 지방에 내려가 사택 생활을 해야 했다. 엄한 홀어머니 아래 무남독녀로 과보호를 받으며 자란 나는 사회생활에 대해 아무것도 몰랐다. 남편과 직급이 같은 동료들의 부인들 중에서는 내가 제일 어려서 나는 모두를 언니라 부르며 따랐다. 하지만 그중 한 사람이 유독 나를 미워했다. 이유는 알 수가 없었다. 아무튼, 그녀는 나의 일거수일투족을 못마땅하게 여겼다. 나이도 나보다 여섯 살이나 많아서, 함부로 대항할 수도 없었다.

당시 나는 울산시립합창단에서 활동하고 있었으며, 가끔은 지역의 교회 행사에 초대되어 성가 독창을 부르기도 했다. 외국인과 합작인 남편 회사에서 파티가 있을 때에도 여러 번 노래를 불렀다. 외국인과 함께 하는 파티이므로 나는 드레스를 갖춰 입고 화장도 평소보다 화려하게 했다. 나는 이것이 당연히 갖춰야 할 예의라고 생각했다.

하지만 그녀는 이에 대해 여러 뒷말을 만들어냈다. "별 일도 아닌데 왜 드레스까지 차려입고 호들갑이냐", "가정주부가 그런 드레스까지 사 입느냐?"면서 나를 소비적인 사람으로 매도하기도 했다. 여러 사람을 붙들고 내 흉을 보는 것이 결국에는 내 귀에 다 들어왔다.

그녀는 내가 옷을 잘 입는 것도, 첼로를 배우러 다니는 것도, 긴 머리를 땋고 다니는 것도 싫어했다. 내가 잘못한 것이라면 고치면 되지만, 단지 싫어서 그런 것이므로 어쩔 도리가 없었다.

이렇게 그녀의 미움을 받으며 6년을 보냈다. 그러나 6년 후 남편이 그녀의 남편보다 먼저 승진을 하자,

이 모든 일이 거짓말처럼 사라졌다.

그리고 얼마 후, 그녀는 심장에 문제가 생겨 미국으로 수술을 받으러 가게 되었다. 나는 여러 번 문병도 가고, 직원 아내들과 함께 돈을 모아 전달하기도 했다. 수술을 마치고 회복이 된 후, 그녀가 나를 찾아왔다.

"그동안 참 미안했어요. 고른 척 참아줘서 정말 고마워요. 하지만 앞으로 내가 또 심술 맞게 굴거든 바로 말해 줘요."

나는 "그래요. 저한테 참 못되게 하셨어요. 하지만 이제라도 사과하시니 제 마음이 풀리네요. 앞으로 또 그런 일이 있으면 말할게요"라고 말했다.

그걸로 우리는 갈등의 종지부를 찍었다. 어찌 보면 내가 미련해서 너무 오랫동안 불편한 관계를 맺었던 것도 같다. 그녀의 말처럼, 내가 화를 내고 받아쳤다면 일찍 해결되었을 수도 있었기 때문이다. 참는 것이 늘 좋은 것은 아니다. 그래서 이 일 이후로는 납득하기 힘든 일을 당하면 바로 말하는 연습을 했다. 가능한 침착한 목소리로 "당신이 나에게 이런 말을 해서 기분이 안 좋아요. 그게 무슨 뜻이었나요?"라고 묻기로 한 것이다. 이것은 상당히 효과가 있었다. 의외로 상대방이 즉시 사과를 하거나, 설명으로 오해를 풀어주었던 것이다.

상담 일을 시작했던 오래전을 떠올려보면 그때의 갈등이란 부부 갈등이나 고부 갈등이 대부분이었다. 하지만 이제는 갈등의 양상이 너무나 다양하다. 초등학생도 같은 반 친구와 마음이 맞지 않는다고 고민을 털어놓는 세상이다.

버튼 하나면 수백 명이 넘는 사람에게 동시에 메시지를 보내고 게시판의 댓글 하나로 수천 명과 소통할 수 있는 세상인데도, 사람과의 관계는 점점 힘들어진다. 이유 없이 미움을 받고, 말은 자꾸 오해를 낳고, 잘해보려고 할수록 관계는 꼬인다. 전화 상담 중에 대인 관계를 잘하려면 어떻게 해야 하는 거냐고 다짜고짜 묻는 사람도 많다. 학교에서 영어와 수학은 가르쳐도 대인 관계를 어떻게 해야 하는지는 가르치지 않으니 답답할 노릇이다.

우리 모두는 관계를 갈구하지만 그 방법을 알지 못해 방황하는 절뚝발이들이다. 아무 곳에서도 가르쳐주지 않으니 늘 조심하고, 혼자서 시행착오를 하며 배울 수밖에 없다. 사람들은 살면서 주워 담고 싶은 말들, 돌이키고 싶은 행동들을 얼마나 많이 하게 될까? 실수하고, 후회하고, 반성하고, 배우고……. 아마도 죽는 날까지 이것을 되풀이하지 않을까?

멀리멀리 도망가세요

사람은 가능한 많은 사람을 만나서 대화를 나누고 관계를 맺어야 건강한 정신을 유지할 수 있다. 하지만 관계 중에는 불필요한 관계, 청산해야 할 관계도 있기 마련이다.

한번은 50대의 아줌마와 성관계를 맺고 있는 20대 청년의 전화를 받은 적이 있었다. 하숙집 아줌마로 시작된 관계가 부적절하게 진행된 경우였다.

"아줌마 남편이 알코올 중독자예요. 폭력을 휘두르는 걸 몇 번 막아주고, 다쳤을 때 병원에도 모셔다드리고 했는데, 어느 날 제 방에 들어와서 다짜고짜 저를 들어안으시는 거예요."

청년은 거부하지 못했고, 그 후로 정기적으로 관계를 맺었다. 아줌마가 하숙비도 받지 않고 빨래와 청소, 밥 등을 다 해주고 있다. 편하기는 한데, 아줌마 아들이 눈치를 챈 것도 같고, 알코올 중독 아저씨에게 발각되기라도 하면 목숨이 위태로울 것 같다. 그만두자고 여러 번 말했지만 아줌마가 너 없으면 죽어버릴 거라며 매달리고 있단다. 최근에는 미팅 한 것도 따지고 들고, 방에 몰래 들어와 여학생과 찍은 사진을 갈기갈기 찢어놓기도 했단다.

나는 말했다. "당장 그 집을 나오세요. 학교로도 찾아올 게 분명하니 학교도 휴학하세요. 아직 젊으니까 군대라도 가세요. 어디든 아줌마가 찾지 못할 곳으로 가서 꼭꼭 숨어 지내세요. 지금 학생은 너무나 비정상적이고 위험한 상황에 처해 있어요. 계속 그곳에 있다가는 인생이 무너지고 말 거에요."

나의 말이 극단적으로 들릴지도 모르지만, 결코 그렇지 않다. 지난 20여 년 동안 이런 종류의 이야기를 얼마나 많이 들었던가. 때로는 의지나 결심만으로는 해결할 수 없는 문제가 있다. 오히려 물리적으로 해결하는 것이 확실하다. 관계가 비정상적일수록, 비도덕적, 혹은 반인륜적일수록 더욱 그렇다.

아내가 자꾸 이혼을 요구해서 고민이라는 50대 아저씨의 전화가 있었다. 이유를 물으니, 어쩌다 보니 아내의 언니와 부적절한 관계를 맺었다는 것이었다. 아내에게 들통이 나서 싹싹 빌었지만, 처형 쪽에서 자꾸 연락이 와서 관계를 정리하지 못하고 있단다.

또 엄마와 근친상간을 맺고 있는 아들의 이야기도 있었다. 그렇게 된 지가 벌써 1년이 넘었다고 했다. 성적이 떨어지고 성격도 개차반이 되었는데, 엄마는 예전처럼 야단칠 생각도 하지 않고 오히려 용돈을 더 잘 주고 옷도 사주고 애교를 떤다는 것이었다. 엄마가 아니라 이제 여자가 된 것이다.

그런 사람들에게 나는 멀리멀리 도망가라고 말해 주었다. 엄마든 아빠든 혹은 처형이나 형부든, 멀리멀리 떠나서 모른 채 살아야 해결될 문제이기 때문이다. 같은 지붕 아래 사는 한, 아니 같은 도시 아래 사는 한, 끝나지 않는다. 유학을 가든 혹은 군대를 가든 이사나 이민을 가든, 어쨌든 어느 한 편이 떠나야 끝이 난다.

그 마지막 결정을 내리지 못하고 이런 무의미한 관계를 4, 5년, 심지어 10년 이상씩 지속해 온 사람들을 어렵지 않게 접할 수 있었다. 관계는 관계로서만 끝나지 않는다. 그것은 우리의 삶에 영향을 주어 인생 전체를 지배하고 영혼까지 집어삼킨다. 부적절한 관계에서 헤어 나오지 못하는 사람들은 마침내 정신까지도 썩어들어 파멸의 길을 걷게 된다.

처형과 관계를 맺은 50대 아저씨는 다행히 다른 지방으로 이사를 했다. 아내에게 빌고 또 빌어 이혼 요구도 거두어들였다고 한다. 부부 모두 휴대폰을 바꾸고 연락처도 알리지 않아 처형과의 인연을 아예 끊어버렸다.

하숙집 아줌마와 부적절한 관계를 맺고 있는 청년, 엄마와 이상한 관계에 빠진 아들은 어떻게 되었을까? 비정상적인 관계에서 탈출하여 자신의 인생을 되찾았기를 간절히 빌고 또 빌어본다.

빼앗긴 비밀의 정원

사랑의 전화 상담 중에는 상담을 신청한 사람의 이름을 물어서는 안 된다. 이름을 물으면 경계심을 느끼며 전화를 끊어버리는 사람들이 대부분이기 때문이다.

사실 전화 상담의 가장 큰 매력이 이것이다. 서로 얼굴을 볼 수 없고 또 자신이 누구인지 밝히지 않아도 되므로, 어떤 이야기라도 편하게 할 수 있다. 상담원들은 통화를 하는 동안 누구보다도 열심히 이야기를 들어주고 공감해 주고 함께 고민해 주지만, 전화를 끊고 나면 그들이 상황을 어떻게 해결할지, 언제 다시 전화를 걸어올지, 기약할 수 없다. 우리에겐 그들의 이름도 전화번호도 아무것도 남아 있지 않기 때문이다.

자신의 신분이 드러나지 않는다는 익명성은 솔직해질 수 있는 용기를 준다. 아버지이기에 엄마이기에 혹은 누구누구의 딸이라서,

사회적으로 높은 위치에 있어서, 하지 못했던 말들, 억누르며 살았던 말들이 우리에겐 너무나 많이 쌓여 있다. 이러한 신분의 부담으로부터 해방될 때에, 우리에겐 소리 내어 말할 수 있는 용기와 표현의 자유가 생긴다. 남들에게 알려진다면 도저히 얼굴을 들 수 없는 창피한 이야기도 술술 얘기할 수 있는 것이다.

솔직히, 우리가 완전한 소통을 위해 찾아 헤매는 것은 완벽한 비밀성confidentiality일 것이다. 하지만 세상 속에서 내뱉은 말이 완벽하게 비밀리에 부쳐지긴 힘들다. 말은 반드시 돌고 돈다. 저 사람에게 털어놓으면 금고처럼 안전하겠지 싶었는데, 결국 주변 사람의 귀에 흘러 들어가고, 세상 사람들 고두가 아는 사실이 되어버리는 것이다. 사랑의 전화가 필요한 이유도, 인터넷에 수백 개의 카운슬링 사이트가 존재하는 이유도 결국 이 때문이다. 말을 쏟아낼 믿을 만한 창구가 이제는 존재하지 않는 것이다.

한 번은 동성애자임이 드러나 더 이상의 사회생활이 힘들다는 40대 초반 남성의 전화를 받은 적이 있다. 많은 동성애자들이 커밍아웃을 하는 세상이지만 아직도 현실은 사회적 소수자들에게 관대하지 않다. 능력을 인정받고 대인 관계에 있어서도 자신하던 그였는데, 이제 동료들에게 따돌림을 받으며 은근한 사퇴 압력을 받고 있었다. 이 모든 것이 자신의 말 한 마디에서 시작되었다는 사실을 그는 믿을 수 없었다.

"동료 중에 정말 친하게 지내던 사람이 있었어요. 나이도 같고

손발이 잘 맞아서 일도 같이 하고 함께 어울려 맥주를 마시며 얘기를 나눌 때도 많았지요. 물론 이상한 감정은 없었고 정말 좋아하는 동료이자 친구일 뿐이었어요. 그 친구는 결혼도 했고 이성애자라는 걸 아니까 절대로 그런 마음은 없었어요. 어느 날, 그날은 술을 좀 마시고 2차를 갈 데가 없어서 저희 집으로 가게 되었어요. 그 친구가 왜 아직 총각이냐고 묻더군요. 저는 좀 머뭇거리다가, 그래도 친한 친구니까 비밀을 털어놓고 싶어서 동성애자라는 걸 밝혔어요. 다행히 친구가 아주 쿨하게 받아들여주더군요. 숨기느라 힘들었겠다, 자신은 정말 감쪽같이 몰랐다면서 위로까지 해주었어요. 그렇게 편하게 비밀을 나누었는데, 다음 날부터 서서히 주변 사람들의 시선이 달라지기 시작했어요. 일주일쯤 지나자 사내 모든 사람들이 그 이야기를 알고 있더군요. 그것도 내가 술을 마시고 그 친구를 집으로 유인해서 덮치려고 했다는 식으로……."

얼마나 억울할까. 나는 우선 그의 억울함을 위로해 주었다. 처음으로 마음을 열고 믿고 이야기했던 사람이 오히려 그것을 약점으로 그의 뒤통수를 쳤다. 동성애자라는 사실이 드러난 것보다도 인간적인 배신감이 더 크리라.

"저는 어찌해야 할까요? 회사를 그만두어야 하나요?"

나는 그의 입장이 얼마나 심각한지 상상할 수조차 없기에 섣불리 대답할 수 없었다. 계속 그 직장에서 일하려면 소문에 대해 극구 부인하고 계속해서 이중생활을 하거나, 혹은 확실하게 커밍아웃을 하고 회사가 이를 받아들이게 해야 한다. 둘 다 쉬운 일이 아니다. 첫 번째는 자신을 기만하는 일이고, 두 번째는 동료들의 열린 마음이 필요하다. 하지만 둘 중 어느 것도 현실적이지 않다. 회사를 그만두고 다른 곳으로 옮긴다 허도 상황은 마찬가지일 것이다. 한 번 소문이 붙으면 좀처럼 털어버리기 힘든 것이 좁고 옹졸한 한국 사회이기 때문이다.

어쩌다가 우리는 친한 친구의 비밀조차 지켜주지 못하는 비겁한 인간이 되었을까. 앞으로 그가 헤쳐 나가야 할 혹독한 인생을 상상해 보니 한숨만 나올 뿐이었다. 내가 해줄 수 있는 건 그저 열심히 들어주고 위로하는 것뿐.

김성진 씨는 최근 돌이킬 수 없는 잘못을 저지르고 말았다. 아내 몰래 가끔 만나던 술집 접대부가 덜컥 그의 아이를 임신한 것이다. 걸려오는 전화를 피한 지 일주일째, 지금 그는 살얼음판을 걷는 심정이다. 여자가 보낸 마지막 메시지에는 "언니를 찾아가겠어요. 모두 다 말해 버릴 거예요"라는 무시무시한 내용이 적혀 있었다. 여기서 언니라 함은 그의 아내였다. 그녀는 아내가 다니는 회사도 알고 있었다.

나는 의아한 점이 있어서 물었다.

"아내를 언니라고 부르고 다니는 회사 이름까지 알 정도면 꽤 지속적인 관계였나 봐요?"

그는 곤란한 듯 망설이다가 자초지종을 털어놓았다.

"예. 사실 그 아이는 친구의 동생이기도 해요. 대학생으로 학교 잘 다니고 있는 줄 알았는데 어느 날 술집에 갔더니 그 아이가 나오는 거예요. 처음에는 따끔하게 야단쳤지요. 그런데 집안 사정이 어려워서 등록금 벌려고 나온 거더라고요. 딱하고 불쌍해서 자주 찾아가다 보니 그만 그런 사이가 되고 말았어요.”

“그럼, 그건 술집 접대부와의 가벼운 만남이 아니라 친구 동생과의 관계가 되네요. 그렇죠?”

내 질문에 그는 “예, 그렇네요”라고 대답했다.

같은 여자로서 화가 나는 상황이 아닐 수 없었다. 더구나 그는 결혼한 지 불과 8개월 지난 신혼이었다. 결혼한 지 얼마나 되었다고 벌써부터 한눈을 판단 말인가! 게다가 친구의 동생이 나쁜 선택을 했으면 오빠로서 타이르고 선도해야 마땅한데, 오히려 그 상황을 이용하여 즐긴 셈이었다. 게다가 친구가 알게 된다면 더욱 심각해질 상황임이 분명했다.

그러나 나는 이런 생각을 잠시 밀어놓고 그의 고민에 집중했다. 지금 그에게 “어떻게 그럴 수가 있냐?” “당신이 인간이냐?”라고 따질 수 있는 사람은 그의 아내뿐이다. 본인 스스로 잘못을 알고 겁에 질려 있는데 상담자인 나까지 그를 혼낼 수는 없다.

대신 나는 이렇게 말했다.

“정말 힘드시겠네요.”

그는 눈물을 흘리며 말했다.

“너무나 후회스럽고, 제 자신이 저주스워요. 정말 부끄럽습니다.”

"부끄럽다고 말씀하시니, 그건 당신이 양심적이고 인간적인 분이라는 증거네요. 이런 일이 생겨도 부끄러워할 줄 모르는 사람도 있는 걸요."

"예……. 흑흑."

"있어서는 안 되는 일이지만 살다보면 이런 실수를 할 수 있다는 걸 이해할 수는 있어요. 어쩌겠어요. 이미 일어난 일인 걸요. 지금부터는 온 힘을 다해 이 상황을 해결하는 데에 집중해야 해요."

위로의 말에 그의 마음은 조금씩 안정되는 모양이었다. 그는 회사에 출근하는 것도, 집에 들어가는 것도 무서울 정도로 겁에 질려 있었다. 회사나 집으로 그녀가 불쑥 찾아와 소란을 피우는 상상에 불안해서 미칠 지경이라고 했다.

"그래서 그 여자의 전화도 받지 않고 피하고 계신 건가요? 그럴수록 그 여자가 불쑥 찾아올 확률은 더 높아질 텐데요? 게다가 뱃속에 있는 애기는 어떤가요? 매일매일 자라고 있지 않나요?"

그는 아무 희망이 없는 사람처럼 나에게 물었다.

"그럼, 전 어떻게 해야 하나요?"

"그건 스스로 잘 아시잖아요. 피해 다니는 건 아무것도 해결해주지 않는다는 걸 알고 계시잖아요. 그녀를 만나서야죠. 뭘 원하는지 들어봐야죠."

"저를 사랑한대요. 아이를 낳을 테니 이혼하고 결혼해 달래요."

"당신은 어떠세요?"

“말도 안 돼요! 저는 아내를 사랑해요. 저는 그저 이 모든 것을 예전대로 돌이키고 싶을 뿐이에요.”

속수무책으로 우는 그가 불쌍했다. 나는 내가 갖고 있는 지혜를 총동원하여 그를 돕고 싶었다.

“자, 제 이야기를 잘 들어주세요. 지금부터 당신 인생에는 허리케인 급의 폭풍우가 몰려올 거예요. 결코 피할 수 없으니 단단히 준비하고 맞이하세요. 일단 그 여자와 만나서 당신 생각을 말하세요. 아이를 갖게 된 것에 대해 한없이 미안하다고 사과하세요. 하지만 아내를 깊이 사랑하고 있으며 이 결혼을 끝까지 지키고 싶다고 간절히 말하세요. 그리고 그녀의 이야기를 들으세요. 그녀가 욕을 하고 화를 내면 그걸 다 받으세요. 오빠와 아내에게 다 얘기하겠다고 협박하면, 그냥 얘기하라고 하세요. 네가 얘기를 하더라도 나는 어쩔 수 없고 그걸로 상황이 바뀌지는 않을 거라고 하세요. 절대로 아이를 지우라거나, 아무에게도 말하지 말아달라고 사정하지는 마세요. 그건 그녀를 걱정하기에 앞서 당신의 신변을 먼저 걱정하는 이기적인 모습이기에 그녀는 더욱 화를 낼지도 몰라요.”

“그럼 아내에게는요?”

“세상에 비밀은 없어요. 특히 지금처럼 여러 사람이 연관된 문제일 때는 더욱 그래요. 그녀가 말하지 않고 평생 비밀로 지켜준다면 가장 고맙겠지요. 하지만 어차피 알게 될 상황이 되어버린다면, 여자를 통해 아는 것보다는 당신이 건저 말하는 게 좋아요. 용서해

달라고 싹싹 비세요. 간, 쓸개, 허파가 다 빠져버릴 때까지 열심히 용서를 비세요.”

“용서하지 않으면요?”

“이혼 못하겠다, 너만을 사랑한다, 너 없으면 죽어버리겠다고 버티세요. 쉽게 용서되지 않을 일이니 한 달이고 두 달이고 열심히 비세요. 만약 그래도 아내가 용서하지 않는다면 그건 어쩔 수 없어요. 대가를 치러야 하죠.”

“저는 죽었군요.”

“예, 죽었다 생각하세요.”

그는 질책이 아닌 위로와 힘을 준 나에게 감사했다. 이미 엎질러진 물 앞에서 울어보았자 무슨 소용이겠는가.

우리는 지나간 일에 대해 잘잘못을 따지며 입씨름을 하는 일에 많은 시간을 보낸다. 하지만 중요한 것은 ‘Here and Now’, ‘지금 여기’ 이다. 모든 대화는 ‘지금 여기, 이 상황에서 앞으로 어떻게 할 것인가’ 에 초점이 맞춰져야 한다. 이것은 굳이 카운슬링이 아니어도 마찬가지일 것이다.

미안하다고 말하기가 그렇게 힘든가요

오정희 씨는 요즘 잠자리가 불편하다. 누군가에게 크게 잘못
한 일이 있는데 어떻게 해결해야 할지 답이 풀리지 않기 때문이다.
해결하지 않고 피하기만 했다가는 당신을 당할 것이 분명하고, 그
렇다고 잘못을 시인하고 사과하기에는 감당해야 할 후폭풍이 두렵
다. 오정희 씨는 내게 "자존심을 지키면서 잘못했다고 말하는 세련
된 방법은 없나요?"라는 이상한 질문을 했다.

나는 말했다.

"잘못했다고 말하면서 어떻게 자존심을 지키겠어요? 자존심 세
우면서 미안하다고 말하는 건 통하지 않아요."

처음에 그녀는 자신은 별로 잘못한 게 없는데 다만 사과를 할 수
밖에 없는 상황이라고 말했다. 하지만 이야기를 계속 나눠보니, 그
녀의 잘못이 확실했다. 한 친구를 모함해서 다른 여러 친구들이 그

친구를 오해하도록 만들었고, 그 계략이 다 들통 나서 이제 친구들
은 그녀를 믿지 못하는 상황이었다.

하지만 그녀는 계속 둘러댔다. 사과하는 방법을 알고 싶어 전화
한 게 아니라 현 상황을 모면할 수 있는 임시방편을 찾고 있는 것 같
았다. 그녀는 나에게 거듭 "당신이라면 어떻게 하겠느냐?"고 물었다.

"저라면, 솔직하게 미안하다고 말하고 용서를 구하겠어요. 용서
를 받을 때까지 시간이 걸릴 테니까 얌전하게 기다리겠어요."

오정희 씨는 기다리는 성격이 아니었다. 그녀는 거짓말을 내뱉
고 그것을 정당화하기 위해 또 다른 거짓말을 꾸며내길 반복해 왔
다. 그녀는 지금 양치기 소년과 같은 상황에 빠져 있었다. 이제 그녀
가 아무리 늑대가 나타났다고 외쳐도 믿어줄 사람이 없는 것이다.

"자, 지금부터 제가 하는 말을 잘 들어주세요. 당신은 잘못을 저
질렀어요. 질투와 욕심 때문에 한 친구에 대해 나쁜 말을 꾸며냈고
그 말이 퍼지기를 의도적으로 계획했어요. 이제 그 친구는 당신이
한 짓을 알고 있어요. 뿐만 아니라 그녀를 오해했던 친구들도 모두
당신의 의도였음을 알고 있어요. 어물쩍 넘어갈 수 있는 상황이 아
니에요. 이제 당신은 사과를 해야 해요. 그리고 벌을 받아야 해요.
용서를 구하고 기다려야 해요. 사과의 말 이외에는 아무 말도 하지
말아요. 변명이나 합리화는 친구들을 더 화나게 만들 거예요."

그리고 나는 사과하는 구체적인 방법을 알려주었다.

"우선, 자신의 잘못을 진심으로 뉘우치는 마음이 먼저예요. 혹

시라도 사과를 단지 위기를 모면하는 수단으로 생각한다면 차라리 그만두세요. 자신이 무엇을 잘못했는지 확실히 알고 그 점에 대해 미안한 마음이 100%가 되어야 해요. 지금 오정희 씨는 그런 마음을 갖고 계신가요?"

그녀는 "글쎄요……. 뭐, 잘못하긴 했죠" 하며 더듬거렸다. 나는 이야기를 계속했다.

"좋아요. 그 다음에는 이 사람 저 사람 붙들고 얘기하지 말고, 사건의 당사자를 먼저 찾아가세요. 더 이상 미뤄서는 안 돼요. 사과는 타이밍이 중요해요. 지금 이 순간을 놓쳐버리면 사과할 기회는 영영 오지 않아요. 화가 많이 난 상태이기 때문에 당신을 만나주지 않을 수도 있어요. 그래도 전화를 하고 문자 메시지를 보내고 열심히 만나달라고 사정을 하세요. 집까지 찾아가도 좋아요."

"하, 세상에……. 그렇게까지 비굴하게 해야 하나요?"

"그럼요. 잘못했으니까 당연하죠."

"그 다음은요?"

"길게 말하지 말고 짧게 말하세요. 내가 생각이 모자라서 이런 어리석은 일을 저질렀다. 진심으로 미안하다, 용서를 구할 수는 없겠지만 꼭 사과를 하고 싶어 이렇게 찾아왔다. 그렇게 말하세요."

"그 다음은요?"

"이제 상대방의 이야기를 들을 차례예요. 화를 낼 수도 있고 욕을 할 수도 있어요. 뭐든 잘 들으세요. 억울할 수도 있고 심하면 화

가 날 수도 있겠지만, 끝까지 잘 들으세요. 당신은 사과를 하러 간 것이니 지금은 화를 낼 자격이 없어요. 친구가 하는 말을 귀담아 들으세요. 당장은 듣기 힘든 이야기겠지만 앞으로 살면서 피가 되고 약이 될 말들일 거예요. 친구가 당신에게 화를 퍼붓는다면 그건 좋은 징조예요. 화를 퍼붓고 나면 대부분 가라앉게 되거든요. 오히려 친구가 아무 말이 없다면, 그건 정말 화가 난 것이고 당신에게 아무것도 원하지 않는다는 뜻이므로 더 심각하죠. 이런 경우에는 사과하려는 당신의 진심을 보여준 것으로 위로를 삼아야 하죠. 집으로 돌아와서 조용히 반성의 시간을 가지세요. 그리고 이 일과 관련된

다른 친구들에게도 같은 방법으로 사과하세요. 사과하고 반성하며 한 달이 걸리든 두 달이 걸리든 기다리세요. 누군가 너그러운 사람이 당신을 용서할 거예요. 한 사람이 용서하면 하나 둘 다른 사람들도 당신을 용서할 거예요."

"하, 저는 완전 바닥에 떨어지는군요."

오정희 씨는 여전히 자신의 위신을 걱정하고 있었다. 하지만 모든 것은 보기 나름이다. 나는 전혀 다른 견해를 들려주었다.

"아뇨. 당신은 바닥에 떨어지는 게 아니에요. 사과를 함으로써 스스로 양심적이고 정직한 사람임을 보여주는 거예요."

이 말을 끝으로 그녀는 전화를 끊었다. 더 이상 연락이 없었으므로 그녀가 친구들에게 사과를 했는지 안 했는지는 알 수 없었다.

나이를 먹을수록 사과라는 것이 인간관계를 맺는 데에 있어 얼마나 중요한 것인지 새록새록 느낄 때가 많다. 사람이 사람과 어울려 살다보면 아무리 조심을 해도 잘못하는 일이 자꾸만 벌어진다. 전혀 의도하지 않았지만 나의 심한 농담 때문에 상처받는 사람이 생겨나고, 경솔하게 말을 옮기다가 문제를 만들기도 한다.

이런 경우에 미안하다는 말 한 마디가 얼마나 큰 힘을 발휘하는지, 그것은 우리의 상상 이상이다. 누구나 마음 깊은 곳에는 자신도 알지 못했던 한없는 너그러움을 품고 있다. "미안하다"는 말을 듣는 순간, 그 너그러움은 모든 미움과 서러움을 쓸어버리고 그 사람을 용서하고 싶어지게 만든다. "미안해"라는 말에 자동적으로 나오는 말은 "괜찮아"가 아닐까?

　자기 합리화에 빠져 혹은 지독한 자존심 때문에, 끝까지 사과하지 않고 버티는 사람들을 많이 보았는데, 이런 사람들은 스스로 만들어낸 분노와 고집 속에 갇혀 결국 모든 사람들을 떠나게 만든다. 사과할 줄 모르는 사람은 친구는 물론 가장 가까운 연인, 가족, 아내, 남편까지도 지치고 실망하게 만든다. 사랑은 미안하다고 말할 필요가 없는 것이라 하지만, 그것은 영화 속에서나 등장하는 말이다. 진짜 삶에서 우리는 사랑할수록 미안하다고 말해야 하고, 그래야 용서받을 수 있다.

잘못한 후 | 깨끗이 | 사과하는 법

1. 사과는 타이밍이다. 잘못했다고 느낀 순간 곧바로 해야 한다. 만약 상대방이 너무 화가 난 상태라면 시간을 둔 뒤 다시 사과하라.

2. 반드시 본인이 직접 사과해야 한다. 저 3자에게 사과의 말을 전하면 오히려 화를 돋우게 된다.

3. 상대방이 화를 퍼부어도 그대로 들어주어라. 상대방이 화를 내는 것은 용서해 주겠다는 신호이다.

4. 어줍지 않은 변명은 하지 말라. 그저 반복적으로 계속해서 미안하다고 말하라.

5. 사과할 때는 무엇을 잘못했는지 정확히 알고 사과하라. "뭔지 모르겠지만 무조건 미안해"라는 식의 사과는 오히려 역효과를 불러온다.

마음의 청소, 관계의 청산

오래 전, 개인적으로 알게 된 사람 중에 나를 아주 힘들게 하는 사람이 한 명 있었다. 그 사람은 말이 많아서 하루에도 수없이 전화를 해 이런저런 말을 늘어놓았다. 내용의 절반은 남을 흉보는 것이었고, 나머지 절반은 의미 없는 수다였다.

사람과 사람의 만남은 하느님이 만드는 일이고 그 자체로 의미가 있다고 믿어온 나에게 그 관계는 당혹감을 안겨주었다. 그녀의 수다를 들을 때마다 기운이 빠져나가는 걸 느꼈고, 급기야 두통이 밀려와 하루의 스케줄을 모두 포기하고 드러눕는 상황에까지 이르렀다.

어느 날 나는 결심을 했다. 그 사람과의 관계를 청산하기로.

물론 쉽지 않은 일이었다. 나는 많은 것을 생각해야 했다. 사람과 사람 사이에 신의를 지킨다는 것은 무엇인지, 우정이란 무엇인지, 또 예의와 도리에 대해서도 생각해야 했다. 그 사람의 수다를 견디는 것이 내가 해야 할 역할일까? 하지만 백만 번을 생각해도 그건 아니었다. 그 사람의 쓸데없는 불평불만과 잡담을 들어주기에는 나의 하루가 너무 소중하다.

우선 나는 마음을 청소했다. 그 사람과 나의 관계는 우정이 아니었다. 그에게 있어 나는 그저 말을 늘어놓을 만만한 대상일 뿐이었다.

그러고는 걸려오는 그 사람의 전화에 바쁘다고 말했다. 다시 또 전화를 걸어오는 그에게 나는 지금 이러이러한 일을 하느라고 바쁜데 무슨 일로 전화를 했느냐고 물었다. 결국 그는 내 시간을 빼앗지 못했다. 그리고 점점 연락이 뜸해졌고, 마침내 전화가 걸려오지 않게 되었다.

덕분에 나는 나의 평화로운 하루를 지킬 수 있었다. 그 사람의 말을 듣느라 허비했던 시간이 온전히 나의 시간으로 돌아왔다. 나는 그 시간을 예전처럼 책을 읽고 음악을 듣는 데 쓸 수 있었다.

사람들은 전혀 도움이 되지 않는 관계를 어리석게도 끝까지 지키려고 한다. 그것을 사랑이나 우정으로 착각하기 때문이다. '옷깃만 스쳐도 인연'이란 말이 있지만, 그저 스치는 것은 절대로 진정한 인연이 될 수 없다.

당신에겐 청산해야 할 관계가 없는가? 깨끗이 쓸어내고 잊어버려야 할 감정의 쓰레기는 없는가? 만나지 말았어야 할 관계, 이미 끝난 관계는 깨끗이 버려라. 버리고 비워라. 그리고 깨끗해진 그 자리를 자신에게 사랑과 용기, 믿음과 희망을 주는 사람들로 채워라. 만날 때마다 내 기분을 즐겁게 해주고 좋은 생각과 에너지를 나눠주는 사람들을 만나라.

초등학교 동창회에서 재회한 첫사랑의 여인을 아내의 반대에도 불구하고 열심히 만나는 남자가 있었다. 남자는 그저 우정일 뿐이라며 아내의 걱정을 일축했다. 그러고는 술 마시자, 영화보자, 외롭다 하며 그를 불러내는 첫사랑에게 열심히 뛰어갔다. 아내는 불만이 많아졌고 심한 스트레스에 소화 불량까지 걸렸다. 그러나 곧 남편은 깨닫게 되었다. 그가 지켜주어야 할 사람은 첫사랑이 아니라 아내라는 걸. 아내에게 아픔을 주면서까지 만남을 계속해야 할 정도로 그리 대단한 우정은 아니라는 걸. 그는 전화를 걸어온 첫사랑에게 오늘은 아내와 저녁을 같이 먹기로 했다고 말했다. 그 후 첫사랑은 더 이상 전화를 걸어오지 않았고, 아내의 소화 불량은 깨끗이 나았다.

문제는 당신 안에 있다

46세의 나이에 한 번도 결혼하지 않은 처녀가 있다. 마흔이 넘도록 그녀가 한 일은 대학원 졸업 후 어학연수를 다녀왔고, 그 후 집에서 빈둥대며 논 것뿐이다. 결혼을 하고 싶어하지만 미모에 지성까지 겸비한 자신에게 맞는 남자를 찾기 힘들다고 툴툴거린다.

38세의 한 여성은 지금껏 부모님이 주시는 용돈으로 생활을 한다. 매달 50만 원의 용돈으로는 화장품 사기도 힘들다며 불만이 대단하다. 인터넷 채팅으로 만난 남자들과 무분별하게 관계를 갖기도 한다. 내가 왜 그런 식으로 사람을 사귀느냐, 섹스만 하지 말고 사랑을 하라고 말하자 그녀는 이렇게 말했다.

"섹스가 얼마나 좋은데 한 사람하고만 해요?"

피아노를 전공한 42세의 미혼녀는 외국 유학도 다녀왔지만 지금은 70대 부모님께 용돈을 받아 명품을 사는 일에만 골몰하며 살고 있다. 그녀는 내게 루이뷔통 핸드백이 몇 개고 구찌 구두가 몇 켤레라며 자랑을 한다.

신학대를 다니고 있는 28세의 한 남성은 군 제대 후 1년이 넘도록 별 하는 일 없이 집에만 있다. 아버지가 당뇨를 앓고 있어 어머니와 여동생은 돈 버는 일에 매달리고 있지만, 그 혼자만 고고하다. 자신은 하나님의 종이기 때문에 기도만 하는 데에도 시간이 부족하다고 말한다. 어머니는 제발 밖에 나가서 막노동이라도 하라고 말하지만, 그는 목사가 될 고귀한 몸에게 감히 막노동을 하라고 말하는 어머니를 이해할 수 없다고 말한다.

이처럼 궤변 투성이의 상담 전화를 받다보면 몸과 마음이 지칠 때가 많다. 상담원은 대부분 위로와 용기, 희망을 주기 위해 상담을 하지만, 따끔한 충고로 일침을 가해야 할 때도 더러 있다.

나는 최대한 들어주는 자세를 잃지 않으면서 중간중간 내 생각을 말해 주었다.

"요즘 어학연수 다녀온 건 자랑도 못 돼요. 그리고 마흔여섯 살이면 눈을 좀 낮춰야 결혼할 수 있어요. 서울대 나온 남자들만 찾다가는 금방 쉰 살이 될 거에요."

나는 그녀에게 영어를 잘한다면 집에서 놀지만 말고 번역 아르바이트라도 해보라고 권유했다. 그깟 푼돈 벌어서 뭐하느냐고 말하는 그녀를 나는 열심히 설득했다. "사람은 일을 해야 세상을 제대로 알고 건강하게 살 수 있어요." 얼마 전 그녀는 대학 교재 한 권을 초

벌번역해서 120만 원을 벌었다고 자랑을 했다. 들인 노동에 비해 터무니없이 적은 돈이라고 툴툴거렸지만, 나는 정말 기특하다고 듬뿍 칭찬해 주었다.

피아노를 전공한 여성에게는 집에 가만히 있으면 무료할 테니 피아노 레슨이라도 해보라고 권유했다. 동네 곳곳에 전단지를 붙이면 학생들이 모일 거라고 수십 번 설득해서 겨우 실행에 옮기게 했다. 덕분에 하나 둘 학생을 가르치기 시작했다. 딱 1년 동안만 명품 사는 데 쓰지 말고 저금을 해보라고 권유했다. 그렇게 해서 1년 만에 200만 원이 모였다. 그 돈으로 또 명품 핸드백을 사고 싶다는 그녀에게 나는 상호저축은행으로 그 돈을 옮기라고 말했다. 300만 원까지 모이면 그 돈으로 여행을 가거나, 그 외의 가치 있는 일에 도전해 보라고 설득했다. 지금 그녀는 돈이 모이면 다이어트를 제대로 해보겠다고 말한다.

하지만 아무리 설득을 해도 변화가 없는 경우도 있다. 부모님께 용돈을 받으며 섹스 중독에 걸려 있는 38세의 여성은 지금도 여전하다. 그녀는 내가 사랑의 중요성에 대해 말하면 픽픽 웃는다.

"그렇게 생각하는 사람도 있겠죠. 하지만 나는 섹스하고 싶어서 남자를 만나지 결혼하고 싶은 마음은 없어요."

신학대생은 더 심각하다. 나는 "누구든지 일하기 싫어하거든 먹지도 말게 하라"는 데살로니가 후서 3장 10절의 하나님 말씀을 상기시켰다. 하지만 그는 자신은 신학생이므로 기도하는 것만이 자기가 할 일이라는 궤변에서 깨어 나오지를 않았다. 그렇다고 그가 정말 하루 온종일 기도하는 독실한 크리스천일까? 이야기를 나눠본 결과 오히려 하루 온종일 PC방에서 게임을 하는 게임중독자임을 알 수 있었다.

나는 이것을 일종의 나르시즘적 '망상'이며 '도피'라고 결론지었다. 정신 분석에서 말하는 '자기애성 인격장애'와 같은 맥락이라고 본다. 현실로부터 도피하여 자기만의 세상을 만들고 그것을 합리화하며 살아가는 사람들로, 자신이 만든 판타지 속에서 살기 때문에 문제를 정면으로 응시하지 못한다. 자신의 모습이 너무나 형편없기 때문에 보지 않으려 하는 것이다.

이러한 망상자 혹은 도피자들의 특징은 모든 문제를 남의 탓으로 돌리는 것이다. 자신이 별 직업 없이 나이를 먹은 이유는 사회가 자신의 능력을 몰라주고 부모님이 뒷받침을 안 해주고 자신의 미모와 지성을 몰라주는 한심한 남자들 때문이라는 것이다.

정신 분석학에서는 이러한 자기애성 인격장애자들의 특징에 대해 다음과 같이 설명한다.

첫째, 자신을 무척 대단한 사람으로 여긴다. 별것도 아닌 재능이나 경력을 굉장한 것으로 부풀려 말한다.

둘째, 권력, 부, 명성, 외모 등에 관한 망상에 사로잡혀 있다.

셋째, 자신이 특별하고 고귀한 존재라서 자신과 어울리는 건 오로지 상류사회의 높은 신분을 가진 사람들밖에 없다고 생각한다.

넷째, 자신이 끊임없는 찬사의 대상이 되어야 마땅하다고 생각한다.

다섯 째, 자신의 고귀함에 마땅한 대접을 받아야 한다고 생각한다.

여섯 째, 사람들을 이와 같은 자신의 욕망을 충족시키기 위한 도구로 이용한다.

일곱 째, 타인의 감정에 대해서는 전혀 상관하지 않는다.

여덟 째, 사람들을 시기하거나, 혹은 그들이 자신을 시기한다고 믿는다.

아홉 째, 오만하고 불손한 태도를 취한다.

우리가 흔히 말하는 '공주병'과 아주 흡사한 증상이다.

사실 자기애는 어느 누구나 갖고 있는 건강한 정신의 일부이다. 하지만 자기애가 지나치면 망상에 빠지고 원만한 대인 관계가 불가능하며 심한 경우 과대망상증으로 이어질 수 있다. 『권력중독자』라는 책에 의하면 "반사회적 인격장애를 가진 사람들의 55.6%가 자기애성 인격장애자"라고 한다.

이들에게 접근하는 방법으로 내가 택했던 것은 '인터뷰'였다. 나는 이들에게 주변 사람들에게 솔직하게 자신에 대해 물어보라고 권유했다.

"당신은 객관적으로 당신 자신이 어떤 사람인지 잘 모르고 있어요. 주위 사람들에게 당신이 어떤 사람인지 한번 물어보세요."

나는 이것이 자신에 관한 객관적 정보를 수집하는 매우 좋은 방법이라고 생각한다. 우선 종이 한 장에 자신이 생각하는 자신에 대해 쭉 적은 후, 다른 종이에 사람들이 말하는 자신에 대해 적는 것이다. 그 결과를 보면 받아들이기 힘든 놀라운 사실들이 밝혀진다.

즉, 스스로가 예쁘다고 생각해 왔는데 주변 사람들은 자신을 못생기고 늙고 뚱뚱하다고 생각한다. 스스로가 똑똑하다고 생각해 왔는데, 주변 사람들은 그를 바보라고 부른다. 스스로가 고귀하고 특별하다고 생각해 왔는데 주변 사람들은 그 혹은 그녀를 평범하다고 말한다.

나의 권유대로 이 방법을 실행에 옮긴 사람은 피아노 레슨을 하는 그녀밖에 없었다. 처음에 결과를 받아들고 그녀는 매우 화를 냈다. 3명을 인터뷰해도 5명을 인터뷰해도 결과는 똑같았다. 그녀는 받아들일 수 없다고 버텼다. 하지만 나는 그게 사실이라고 말해 주었다.

"진정해요. 받아들이기 힘들겠지만 바로 그것이 남들의 눈에 비치는 당신의 모습이에요."

다른 사람들은 인터뷰하기를 거부했다. 그들은 여전히 진실을 알기를 두려워하고 있는 것이다.

나는 세상에는 이들처럼 확실한 증상은 아니더라도 어느 정도 이와 비슷한 나르시즘적 환상에 사로잡혀 있는 사람들이 많다고 생각한다. 실력을 기르지 않은 채 취업이 안 된다며 한탄하는 20대 백수들도 마찬가지다. 혹은 뽈 볼일 없이 나이만 들어서 아직도 고학력에 돈 잘 버는 남자만 찾고 있는 노처녀들도 그렇고, 자식에게 평생 짐만 되었으면서 늙어서 이것저것 해달라 큰소리치며 돈만 밝히는 부모도 마찬가지다.

사람이 자신을 사랑한다는 건 좋은 것이다. 하지만 자신을 아끼되, 질책하고 반성하고, 나아지기 위해 노력하는 것도 자신의 몫이다. 우리는 두 개의 자를 가져야 함을 잊어서는 안 된다. 한 개의 자로는 내 눈금으로 나를 재고, 다른 한 개의 자로는 다른 사람의 눈금으로 나를 재야 한다.

관계에 돈이 개입할 때

직장을 다니는 27세의 서영아 씨는 최근 1년 남짓 사귀어온 남자친구와 이별을 했다. 헤어지게 된 원인은 성격 차이지만, 여기에는 돈 문제도 크게 개입되어 있다. 1년 동안 서영아 씨가 남자친구에게 조금씩 빌려준 돈은 무려 1천2백만 원. 그중 7백만 원은 아직도 돌려받지 못한 상황이었다.

그녀는 하소연을 했다.

"그냥 포기하고 잊어버리려고 하는데 쉽지가 않아요. 꿔줄 때에는 어차피 결혼할 사이니까 상관없다고 생각했었는데, 이렇게 헤어지게 되니 너무나 아깝고, 돌려주지 않는 그 사람이 미워 죽겠어요. 또 헤어진 마당에 돈 때문에 자꾸 전화를 하려니 치사하다는 생각도 들어요."

영아 씨처럼 관계에 얽힌 돈 문제로 고민하는 사람들은 상상 이상으로 많다. 박지만 씨도 그런 경우였다. 죽마고우 친구에게 빚보증을 섰다가 하루아침에 8천만 원 규모의 채무를 지게 된 경우였다.

돈과 얽혀서 망쳐진 인간관계는 어른들의 세계에서만 있는 일이 아니다. 요즘은 중고등 학생들도 곧잘 돈 문제로 고민을 한다. 최근 전화를 걸어온 한 여고생은 친구에게 중고 핸드폰을 건네주었다가 43만 원이라는 거액의 통화 요금을 물게 되었다며 눈물을 흘렸다. 친구가 약속과 달리 명의변경도 하지 않은 채 핸드폰을 써왔던 것이다. 현재 친구는 돈이 없어서 요금을 못 낸다며 버티고 있는 상황이었다.

나에게라고 왜 이런 일이 없었을까. 나는 마음이 여린 편이어서 돈이 부족해서 곤란을 겪고 있는 친구들을 보면 어떻게든 도와주고 싶어한다. 돈을 빌려달라고 말하기가 쉬운 일이 아님을 알기에, 나를 찾아와서 그 말을 하는 사람들을 보면 거절하기가 힘들다. 그래서 이리저리 빌려준 돈이 상당하다. 그중에서 돌려받은 돈은 절반도 되지 않을 것이다.

빌려준 돈을 받아내지 못할 때, 처음에는 나도 고민이 많았다. 한번은 너무나 큰돈을 떼여서 밥도 제대로 못 먹고 말라갈 정도로 고민을 했다.

하지만 어느 날 머릿속에 '그 돈이 없다고 내가 밥을 굶나?'라는 질문이 떠올랐다. 생각해 보니, 그 돈이 없다고 해서 길바닥에 나앉거나 밥을 굶을 일은 없었다. 그리고 다시 '남은 돈 가지고 살 수 있

사람덫

을까?'라고 물어보았다. 물론 가능했다. 그 돈이 있으면 마음이 훨씬 든든하고 큰 계획도 세울 수 있겠지만, 그 돈이 없다고 해서 모든 계획이 불가능한 것은 아니었다.

그렇다면 내가 왜 고민을 한단 말인가? 왜 우울해한단 말인가? 아직 나에게는 가진 것이 더 많았다. 이런 생각이 들자 고민은 서서히 사라지기 시작했다. 날마다 산책과 기도로 마음을 다스린 것도 큰 도움이 되었다.

돈 문제로 고민을 상담해 오는 사람들에게 나는 받아낼 수 있도록 최선을 다하되, 받아낼 수 없다면 확실히 포기하고 앞으로 씩씩하게 나아가라고 말한다. 받아낼 수 없는 돈을 받아내겠다고 애쓰다 보면 엄청난 감정을 소모해야 하고 관계는 끔찍하리만치 더럽혀진다. 서영아 씨의 경우, 실업자로 빚을 지며 살아온 남자친구에게 7백만 원이란 큰돈이 있을 리가 없다. 물론 그 돈을 받아내려고 애쓰는 서영아 씨의 모습은 결코 치사하지 않다. 내가 그녀라도 받아내려고 애썼을 것이다.

다만, 포기할 때를 알아야 한다. 더 이상 가능성이 없다면, 깨끗이 포기하고 잊어버려야 한다. 직장을 구하게 되면 반드시 갚겠다는 차용증서를 받아두는 정도로 마무리하고, 이제 서영아 씨는 본인의 삶을 사는 데에 집중해야 한다.

친구 때문에 8천만 원의 은행 빚을 떠안게 된 박지만 씨에게도 같은 말을 했다. 하늘이 노래질 일이지만, 그래도 그 8천만 원 때문에 인생이 끝나지는 않는다. 그에게는 튼튼한 직장과 따뜻한 가정이 있었다. 아내에게 이 사실을 털어놓고 함께 헤쳐 나갈 지혜를 짜보라고 이야기했다. 친구는 당장은 도망 다니며 힘든 시간을 보내겠지만, 언젠가 재기하게 되면 그를 찾아와 신세를 갚을지도 모르는 일이다. 그러므로 그를 사기꾼이라 욕하고 버리기보다는 포기하고 기다려주는 것이 더 현명하다.

이 방법으로 나는 돈을 잃기는 했어도 사람을 잃지는 않았다.

돈과 인간관계에 관한 | 원칙 | 만들기

1. 친한 친구 간에는 돈 관계를 만들지 않는 것이 현명하다. 돈도 잃고 친구도 잃을 수 있다.

2. 빚보증은 그 사람이 돈을 못 갚으면 내가 갚는다는 뜻이다. 그러니 안 해주는 것이 가장 현명하다.

3. 진심으로 돕고 싶은 사람이 있다면 돌려받지 못한다는 가정 하에 감당할 수 있는 정도의 돈만 건네준다. 그냥 준다는 마음으로 빌려주어라.

4. 돌려받지 못하는 돈이 있다면, 애태우지 말고 그냥 포기하라.

5. 남녀 관계는 선물은 주되 돈은 거래하지 않는다.

외모 콤플렉스 극복하기

외모에 대한 고민은 사랑의 전화에 걸려오는 전화 중 꽤 많은 비중을 차지한다. 최근 걸려온 전화는 인터넷을 통해 알게 된 이성을 좋아하게 되었는데, 외모 때문에 직접 만나기가 두렵다는 내용이었다.

올해로 28세, 사랑도 하고 싶고 결혼도 하고 싶은 나이지만 외모에 대한 열등감과 그로 인한 소심한 성격 때문에 변변한 남자친구 하나 없었던 그녀였다. 요즘 채팅으로 알게 된 그는 그녀와 관심사도 비슷하고 아주 자상한 성격의 소유자다. 그를 꼭 붙잡고 싶지만 과연 실제로 만났을 때에도 그가 지금과 같은 관심을 보여줄지, 그녀를 있는 그대로 받아줄지 걱정이다. 외모에 실망해서 그가 돌아서버린다면 그녀가 받을 상처는 너무나 클 것이다.

나는 물었다.

"외모로 열등감을 갖게 된 특별한 계기가 있었나요? 외모 때문에 거절 당한 경험이라든지, 상처받은 기억이 있나요?"

그녀가 답했다.

"어려서부터 쭉 그랬어요. 어디서든 화려한 여자들이 주목을 받잖아요. 저에게 관심을 가져주는 남자도 없었고, 미팅 나가도 찬밥 신세였어요. 소개팅을 몇 번 했는데 확실히 저는 남자들이 좋아할 만한 외모가 아니여서인지 애프터 신청을 받은 적도 없어요. 28년 동안 아무도 사랑해 주는 사람이 없었다는 게 얼마나 슬픈 일인지 모를 거예요."

나는 우선 그녀의 슬픔을 위로했다. 28세면 아직도 많은 기회가 주어질 나이이므로 반드시 따뜻한 사랑이 찾아올 거라고 위로를 했다. 무엇보다 외모에 대한 건 본인의 선택도 아니니, 너무 자책하지 말라고 말해 주었다.

"세상에는 외모를 통해 모든 것을 판단하려는 남자들이 수없이 많지만 다 그런 것은 아니에요. 남자들도 외모에서 얻는 매력은 그리 오래 가지 않는다는 걸 알고 있어요. 제 주변에도 외모보다도 서로의 생각에 반해서, 정신적 교감이 커서 맺어진 커플들이 상당히 많답니다. 그러니 용기를 가지고 그 남자를 만나보세요. 혹시 또 알아요? 당신의 내면에 감춰진 진실함을 알아보는 인연이 나타날 수도 있잖아요."

그녀는 반론을 했다.

"그 정도쯤은 저도 다 아는 얘기예요. 하지만 알면서도 자신이 없어요."

나는 계속 말했다.

"제 생각에는 오히려 문제는 외모가 아니라 당신의 자신감 부족인 것 같아요."

이후로 나는 자신감을 갖는 방법에 대해 그녀에게 많은 이야기를 해주었다. 원래 나는 말을 많이 하기보다는 들어주어야 하는 입장이지만, 그녀의 경우에는 더 많은 응원의 말이 필요했다.

"사람이 자신감을 얻는 방법은 여러 가지예요. 자신감은 외모에서 나오기도 하지만 꼭 그렇지는 않아요. 어떤 사람은 지식이 많아서 자신감이 흘러넘쳐요. 어떤 사람은 뭔가에 열정을 쏟아서 자신감이 있고요. 또 어떤 사람은 돈이 많아서, 혹은 좋은 대학을 다녀서 자신감이 있기도 해요. 이렇게 여러 가지 이유로 자신감을 갖지만, 사실 진짜 이유는 하나예요. 그것은 자기 자신을 사랑하기 때문이죠. 누구나 한두 가지씩 못난 부분을 갖고 있지만, 그것까지 인정하고 나아지려고 노력하는 자신을 사랑하는 거예요."

나는 그녀에게 외모를 위해 어떤 노력을 하느냐고 물었다. 놀랍게도 그녀는 전혀 꾸밀 줄 모른다고 말하는 것이었다.

"28세면 한창 꾸밀 나이잖아요. 예쁜 옷도 사 입고, 화장도 하고, 헤어 스타일에도 신경을 쓰는 나이예요. 당신이 예쁘다고 부러워하는 여성들 역시 열심히 자신을 꾸미고 있어요. 그런데 당신은 전혀 신경을 안 쓰나요?"

그녀가 대답했다.

"사실, 신경을 쓰고 싶어도 어디서부터 어떻게 해야 하는지 모르겠고, 과연 내가 꾸민다고 해서 뭐 달라질 게 있을까 싶어요."

나는 정색을 했다.

"달라질 게 없다니요? 당연히 달라지죠! 사람 얼굴은 꾸미기 나름이잖아요. 같은 얼굴이라도 피부 상태에 따라, 헤어 스타일과 의상에 따라 평범하게 보이기도 하고 미인이 되기도 해요. 외모에 자신이 없으면 나아지도록 공을 들여야 마땅해요. 자신 없는 부분을 자꾸 덮어버리고 닫아두려니까 더 자신이 없어지는 거예요."

나는 그녀에게 당장 멋쟁이 친구들의 도움을 받아 본인의 스타일을 새롭게 만들어보라고 제안했다. 화장법을 배우고 헤어 스타일을 연출하는 간단한 훈련을 받아보라는 말도 빼먹지 않았다. 만약 그녀가 지금의 모습 그대로 그 남자를 만나러 나간다면 거절을 당할 확률이 90% 이상일 것이다. 그녀는 외모 때문이라고 생각하겠지만, 사실은 거절 당할 두려움에 휩싸여 있는 모습은 못나 보일 수밖에 없기 때문이다. 멋지게 빼입고 자신 있게 웃는 모습으로 나간다면 평범한 얼굴조차도 특별하게 보인다. 물론 그렇게 멋을 부리고 나가도 거절 당할 확률은 여전히 있다. 하지만 그것은 그녀가 못생겼기 때문이 아니라, 단지 상대방의 취향이 아니기 때문일 것이다.

또 한 가지 그녀가 잊고 있는 중요한 것이 있었다.

"당신은 그의 취향이 아니라서 거절 당할 수 있어요. 하지만 반대의 경우도 존재해요. 당신 역시 그가 당신 취향이 아니라면 그를 거절할 수 있어요."

콤플렉스에 시달린 나머지, 그녀는 자신에게도 똑같이 칼자루가 쥐어져 있다는 사실을 까맣게 모르고 있었던 것이다.

"그러니 편안한 마음으로 나가세요. 남녀가 사랑에 빠지는 건 누구도 예측할 수 없어요. 외모가 전부라면 잘생긴 남녀들은 수도 없이 사랑에 빠지겠지요. 하지만 실제로는 그들 역시 진정 사랑하는 사람을 만나기까지 오랜 시간이 걸려요. 최고로 예쁘게 꾸미고 그를 만나러 가세요."

나와 오랜 이야기를 나눈 후 그녀는 기분이 좋아졌다. 당장 미용실부터 가야겠다며 쾌활한 목소리로 전화를 끊었다.

외모 문제에 있어서 나의 생각은 이렇다. 외모는 중요하다. 그러므로 최대한 노력하여 최고로 예뻐지자!

물론 외모 지상주의나 성형 중독과는 거리가 먼 이야기다. 남과 비교하며 더 예뻐지기 위해 혈안이 되라는 말도 아니다. 스스로 만족을 느낄 정도, 스스로 충분히 아름다워서 절로 웃음이 날 정도면 충분하다. 물론 어쩔 수 없는 불만은 여전히 남을 것이다. 만약 그 불만을 쉽게 웃어넘길 수 있다면, 그것은 당신의 인생에 전혀 문제가 되지 않는다. 하지만 그 불만이 당신의 정신을 침체시키고 마음을 우울하게 만든다면, 그때는 성형과 같은 과감한 시도도 해볼 수 있다. 성형으로 확실하게 고민을 없앨 수 있다면 시도하지 않는 것이 더 바보스럽다.

나는 뚱뚱해서 고민하는 여성에게 살을 빼보라고 의욕을 불어넣어준다. 코가 낮아서 고민이라는 여성에겐 코를 높이는 가장 확실한 방법으로 성형 수술을 제안한다. 키가 작아서 고민인 여성에겐 키높이 구두를 신으라고 말하거나, 혹은 작은 키 자체로도 예뻐 보일 수 있는 옷차림을 연구해 보라고 제안한다.

마음 하나 고쳐먹으면 외모에 대한 고민은 아무것도 아니라고 말하는 사람도 있지만, 그 마음 고쳐먹기가 쉬운 일이 아니다. 그보다는 외모를 가꾸려는 노력으로, 혹은 성형 수술과 같은 과감한 결단으로 그 고민과 싸우는 게 더 현명하다는 것이 내 생각이다.

누구나 최고로 아름다워질 권리가 있다. 또한 외모에 대한 자신감은 대인 관계와 사회생활에도 긍정적인 영향을 준다. 물론 미모가 저절로 사람들과의 관계를 둥글게 만들어주는 것은 아니다. 그보다는 적극적이고 쾌활한 성격이 다른 사람들에게 좋은 인상을 주고 더 친밀하게 다가설 수 있도록 해줄 것이다.

The best way to say good-bye to loneliness

Part 4

이제 행복한 대화를 시작할 때

●●●아침에 일어나 거울을 보면서 미소짓는 연습을 해보세요. 그리고 그 미소를 만나는 사람에게 되돌려주며, 그 사람의 아주 작은 좋은 점이라도 찾아내 칭찬해 주세요. 하루가 상쾌해질 뿐 아니라, 사람과의 만남이 즐거워지는 방법이에요. 갈등이 생겼을 때는 차근차근 풀고 소중한 사람에게는 감사의 쪽지를 보내고 상대방의 말에 맞장구를 쳐주자고요. 아주 간단하고 유치해 보이는 방법이지만 확실한 효과에 아마 놀라실 거예요.

외로움은 약으로는 절대로 해결되지 않는다.

약을 먹어 기분이 좀 좋아질 수는 있겠지만,

저절로 희망이 생겨나는 것은 아니다.

대화는 약이나 과학이 줄 수 있는 것, 그 이상이다.

그리고 그 힘은 우리 안에 있다.

대화가 사람을 구한다

맥사인 슈널의 『만족』이란 책에는 이런 글귀가 나온다.

"말은 소리가 아닙니다. 생각입니다. 인격입니다. 뜻이며, 꿈이며, 사랑입니다. 더불어 약藥도 되고 독毒도 됩니다. 사람을 살리기도 하고 죽이기도 합니다. 대화는 서로를 살리는 약을 나누는 것이며, 서로의 마음 안에 깊숙이 들어가는 것입니다."

오늘 날, 우리는 어느 때보다도 말이 풍부한 세상에 살고 있다. 스위치만 누르면 들려오는 TV와 라디오에서 흘러나오는 소리, 핸드폰 버튼 몇 개만 누르면 곧바로 연결되는 친구들과의 잡담, 어머니의 끊임없는 잔소리, 속사포처럼 쏟아지는 드라마의 대사…….

그러나 관심을 담아 귀 기울여 듣지 않는 이상 이 모든 말은 그저 소리일 뿐이다. 진심과 생각을 담아 말하지 않는 한, 그것 역시 그저 소음을 일으키는 소리일 뿐이다.

사람들은 수많은 말을 한다. 자기가 무슨 말을 하고 있는지도 모른 채 그저 말을 한다. 대화가 벽을 치는 느낌이다. 내가 뱉은 말이 벽에 닿아 깨지고, 상대방이 뱉은 말 역시 벽에 닿아 흩어진다. 그래서 아무리 말을 해도 말이 고프다. 그래서 끊임없이 재잘거리지만 돌아서면 허탈하다.

진짜 대화를 해본 적이 언제인가? 누군가의 말에 진심으로 귀 기울인 적이 언제인가? 상심한 사람을 위로해 준 적은? 용기를 잃은 사람을 격려해 준 적은?

대화는 서로를 위로하고 보호하여 절망을 헤쳐 나가게 하는 힘이다. 그 엄청난 힘은 누구에게나 있다. 다만, 다들 자신의 문제에만 빠져서 마음을 열 생각을 하지 않을 뿐이다.

사랑의 전화에는 말이 고픈 수많은 사람들이 전화를 걸어온다. 심각한 고민을 가진 사람도 있지만, 어떤 사람의 경우에는 고민보다도 그저 말을 하고 싶어서 전화를 해오는 경우도 있다. 그들은 한 시간이 넘도록 두서없는 이야기를 늘어놓는다. 요즘 인기가 높은 드라마에 대해 신이 나서 떠들어대기도 한다.

우리는 장단을 맞추며 그들의 이야기를 열심히 들어준다. 그리고 그들이 속이 후련할 정도로 떠든 후에야 이렇게 묻는다.

"많이 외로우시군요?"

일부는 무슨 소리냐며 펄쩍 뛴다. 그냥 심심했을 뿐이라며 전화를 끊어버리기도 한다. 하지만 일부는 외로움이라는 말을 듣는 순간부터 흐느껴 울기 시작한다. 그들의 과장된 수다는 외로움을 감추기 위한 몸부림이었던 것이다.

그렇게 솔직하게 감정을 토로한 후에야, 이제 진정한 대화가 시작된다. 그들을 짓누르고 있는 거대한 외로움의 무게가 실체를 드러낸다. 사랑을 못해봐서, 사랑을 놓쳐서 혹은 잃어서, 희망이 없어서, 위로받지도 이해받지도 못해서, 이들은 두려움에 떨고 있다.

어쩌면 좋겠냐고 묻는 그들에게 우리가 주는 것은 위로와 격려, 그리고 희망이다. 별로 어려운 것이 아니다. 마음을 담아 이렇게 말하면 된다.

"정말 힘드셨겠네요. 어떻게 견디셨어요?"

"걱정 마세요. 지금부터는 다 잘될 거예요."

"용기를 내세요. 당신은 할 수 있어요."

소리가 넘치는 세상에 살고 있는 우리들. 그러나 정작 대화는 부족하다.

남편과 아내는 대화하지 않는다.

아빠는 아이들과 대화하지 않는다.

연인들은 서로 얼굴을 마주한 채로 딴소리를 한다.

친구들은 자기 문제에만 빠져 있다.

그로 인해 생긴 외로움은 약으로는 절대로 해결되지 않는다. 약을 먹어 기분이 좀 좋아질 수는 있겠지만, 저절로 희망이 생겨나는 것은 아니다.

대화는 약이나 과학이 해줄 수 있는 것, 그 이상이다.

그리고 그 힘은 우리 안에 있다.

귀 기울여 들어준다는 것

미하엘 엔데가 쓴 『모모』라는 소설의 주인공은 남의 말을 귀 기울여 듣는 능력을 지닌 말라깽이 소녀 모모이다. 집도 없고 부모도 없는 모모는 어느 마을에 흘러 들어가 사람들의 도움을 받으며 원형극장에서 생활하게 된다. 그들에게 빵과 치즈를 얻어먹으며 신세만 지던 모모. 그러나 곧 모모는 스스로 필요한 존재가 된다. 마을 사람들이 말을 들어주는 그녀를 찾아와 고민을 털어놓고 하소연을 하기 시작한 것이다. 소녀가 이야기를 들어주면 수줍었던 사람들은 대담해졌고, 불행한 사람, 억눌린 사람들은 마음이 밝아지고 희망을 갖게 되었다. 스스로 아무 짝에도 쓸모없는 실패자란 생각을 품고 있던 사람은 모모와 갈하다 보면 어느새 자기가 근본적으로 잘못 생각하고 있었다는 사실을 깨닫게 되었다.

도대체 모모가 어떻게 했기에 사람들이 변한 것일까? 이 작은 소녀가 한 일이라곤 가만히 앉아서 따뜻한 관심을 갖고 온 마음으로 상대방의 이야기를 들어준 것뿐이었다.

이야기를 들어주는 것에는 이처럼 대단한 힘이 있다. 그것은 닫힌 마음의 문을 열며 상처를 다독이고 위로해 준다. 자살을 하려던 사람들도 자신의 목소리를 들어주는 단 한 사람의 존재에 마음을 바꾼다.

이야기를 들어주는 것이 뭐가 그리 힘든 일이냐고 하겠지만, 생각해 보면 세상에는 남의 이야기에 진심으로 귀를 기울이는 사람이 많지 않다. 언제부터인지 사람들은 자기 이야기를 하느라 바쁠 뿐, 남의 이야기를 듣지 않게 되었다. 자신은 잘 들어준다고 생각하는 사람들도 알고 보면 진짜 듣는 것이 아니라 듣는 척할 뿐이다. 사실은 그저 고개만 까닥이면서 상대방이 어서 말을 멈춰주길 바라며 자기 생각에 빠져 있는 것이다.

한번은 29세의 젊은 남성이 전화를 걸어왔다. 그는 요즘 3년 동안 사귀어온 여자친구로부터 헤어지자는 얘기를 들었다고 한다. 이유는 그가 말을 들어주지 않기 때문이라고 했다.

"듣는다고, 듣고 있다고 말하는데 오해를 안 풀어요. 어떻게 해결해야 할까요?"

"정말 듣고 있나요? 열심히 들어주었나요?"

"그럼요. 저는 정말 남의 이야기를 열심히 들어주는 사람인 걸요."

"그렇군요. 그렇담 여자친구가 주로 무슨 얘기를 하셨나요?"

"뭐, 회사에서 힘든 얘기, 집안 얘기, 우리 결혼 얘기, 고민 같은 거, 그런 거죠."

나는 이 부분에서 잠시 말을 멈췄다. 그리고 다시 물었다.

"아, 여자친구가 주로 고민을 털어놓으시는군요. 그렇다면 함께 들어주며 많은 위로를 해주시겠네요?"

"위로요? 뭐, 그런 셈이죠."

"어떻게 위로하세요?"

"예?"

"여자친구의 고민을 듣고 어떤 방법으로 위로해 주세요?"

이 부분부터 그의 말문이 닫혔다. 그는 그저 들을 뿐, 그녀의 말을 이해하고 공감할 줄은 몰랐던 것이다.

사람의 말을 듣는다는 것은, 그 사람의 마음을 파악하고 원하는 반응을 선사하는 것이다. 상처받은 사람들은 위로받기 위해 말을 한다. 고민이 있는 사람들은 하소연을 하기 위해, 혹은 문제를 해결하고 싶어서 말을 한다. 심심한 사람들은 즐거워지기 위해 말한다. 자신감을 잃은 사람들은 용기를 얻기 위해, 자포자기에 빠진 사람들은 희망을 찾기 위해 말한다.

이때 듣는 사람이 줄 수 있는 것은 말하는 사람이 원하는 바로 그것이다. 우리는 상대방의 말에 웃음이나 눈물, 지혜, 힘을 주는 말, 믿어주는 시선 등을 표현함으로써 상대방에게 큰 의미가 될 수 있다. 그저 가만히 듣기만 하는 것은 벽에 대고 말하는 것과 마찬가지다. 우리는 귀를 기울여야 한다. 상대방의 감정을 마치 내 감정처럼 아프게 느껴주어야 한다.

그날 나는 그에게 여자친구의 말을 들어주는 진정한 방법을 알려주었다. 그것은 관심, 반영, 공감, 수용의 네 단어로 요약하여 말할 수 있다.

관심은 호기심 혹은 애정이다. 이것은 시선과 제스처, 말 등을 통해 적극적으로 표현되어야 한다. "그래서? 그래서 어떻게 됐는데?" "넌 뭐라고 했는데?" 등등의 말은 당신이 상대방의 말에 푹 빠져서 열심히 듣고 있다는 뜻이다. 시선 역시 상대방을 향해야 한다. 호기심이 가득한 시선이야말로 이야기하는 사람을 신나게 만든다. 의자에 파묻혀서 꼰 다리를 까딱거리거나, 고개를 비스듬히 돌린 채 이야기를 듣는 것은 따분하다는 메시지를 준다. 진정 주의깊게 들어주는 사람이라면 최대한 가까이 다가가서 상대방을 향해 몸을 앞으로 기울이게 되어 있다.

또한 말은 끝까지 들어주어야 한다. 설사 그 내용을 다 알더라도 어떤 말을 할지 뻔하다 해도, 자르지 않고 끝까지 들어주어야 한다.

가장 중요한 것은 반영이다. "정말 힘들었겠구나!" "어떻게 그런 일이 있을 수 있담!" "그래서 속상했구나"

등의 말로 상대방이 쏟아낸 감정을 거울처럼 그대로 반사시켜 주는 것이다. 부부나 연인, 가족, 절친한 친구의 경우에는 여기에 스킨십을 쓸 수도 있다. 손을 잡아주고, 머리를 쓰다듬고, 안아주며 등을 토닥거려 준다. 이것만으로도 상대방의 상한 기분은 봄눈 녹듯이 사라질 수 있다.

전화를 건 남자는 위로를 하고 싶어도 어떻게 위로해야 할지 모르겠다고 말했다. 여자친구의 말은 매일매일 고장 난 라디오처럼 반복되는 것이라서 무슨 얘기인지 안 들어도 다 알고 있으며, 가끔은 그녀의 쉼 없는 이야기를 듣고 있는 것이 지치고 짜증이 난다고 털어놓았다.

"여자친구가 왜 같은 말을 반복할까요? 그것은 당신이 여전히 모르고 있다고 생각하기 때문이 아닐까요? 충분히 위로받지 돗

했기 때문에 자꾸 반복하는 것 아닐까요?"

더불어 나는 이런 경청의 자세가 단순한 테크닉이 아님을 강조했다. 듣는 척하는 것은 도움이 되지 않는다. 진정으로 들으려 하는 자는 상대방의 마음을 이해하고 공감해 준다. 설사 공감할 수 없다 하더라도, 그 사람이 그렇게 느낄 수도 있음을 수용한다.

나는 그에게 우리의 대화를 정리하는 마지막 말을 던졌다.

"귀 기울여 들어준다는 건 굉장한 능력이 될 수 있답니다. 관계는 관심과 사랑이에요. 사랑한다면 당장 달려가서 그녀의 말을 들으세요. 음절 하나하나, 호흡 하나하나를 놓치지 마세요. 그녀의 세밀한 감정 그대로를 당신 스스로 느껴보세요."

마음을 | 열어주는 | '듣기'의 기술

1. '듣는다' 는 행위 안에는 반드시 상대방에 대한 관심과 애정이 깃들어야 한다.

2. 집중하지 않으면 잘 들리지 않는다. 그 사람에게 집중하라.

3. 자신의 편견과 판단을 잠시 옆으로 치워두고, 그저 그의 말을 들어라.

4. 상대방의 말에 공감하라. "정말이야?" "어떻게 그런 일이?" 등의 표현으로 그 사람의 감정을 거울처럼 반사해 내라.

5. 듣는 자세도 중요하다. 눈을 마주치며 몸을 그를 향해 기울여라. 그의 말에 관심을 갖고 있다는 중요한 표현이다.

6. 중간에 말꼬리를 자르거나 자신이 먼저 결론을 내지 말라.

7. 중간중간 이야기와 관련된 질문을 한다. 이는 그의 이야기에 관심이 있다는 표현이며 이야기를 잘 이해하는 데에 도움이 된다.

8. "넌 어떻게 할 거야?" "좋은 방법이 없을까?" 등의 말로 그가 스스로 현명한 방법을 찾아내도록 도와준다.

9. 입을 무겁게 단속하라. 입이 가벼운 사람에게는 아무리 친한 친구라도 두 번 다시 속내를 털어놓지 않을 것이다.

거부할 수 없는 유머의 힘

「슈퍼맨」에 출연한 크리스토퍼 리브는 1995년 낙마 사고를 당해 사지 마비 장애인이 되는 불운을 겪어야 했다. 고통과 좌절의 시간을 보낸 후, 그는 척수 장애인을 대변하는 사회 운동가로 변신을 했다. 다시 대중 앞에 선 그는 휠체어에 파묻혀 목에 연결된 산소 호흡기에 지탱하고 있었지만 웃음을 잃지 않았다.

어느 날인가 그는 제이 르노가 사회를 보는 「투나잇 쇼」에 출연했다. 르노가 휠체어에 관심을 보이자 리브는 말했다. "여기에 쉐비 350 엔진을 달아드릴 테니 고속도로를 질주해 보세요." 르노가 미국에서 손꼽히는 자동차 수집광임을 알고 던진 유머였다.

조지 부시 대통령의 부인 로라 부시 여사도 최근 만찬 석상에서 던진 유머로 화제가 되었다.

"9시가 되면 에너지가 넘치는 남편은 잠에 곯아떨어지고 나는

린 체니(부통령 부인)와 함께 「위기의 주부들」(인기 드라마)을 시청한답니다. 여러분, 저도 위기의 주부랍니다."

후에 이 유머는 정치 작가가 써준 고도의 계산된 유머였음이 드러났지만, 높디높은 대통령 부인이 전 국민이 열광하는 드라마에 심취해 있다는 유머는 그녀를 보통사람처럼 친근하게 보이게 했다.

사랑의 전화에서 고민을 들어주는 것이 나의 역할이긴 하지만, 그래도 우리의 대화에는 늘 유머가 즌재한다. 전화를 건 사람들은 대개 심각한 고민을 갖고 있기 때문에 웃을 만한 여유가 없다. 이때 나는 간단한 유머로 긴장을 풀어주고 나를 이웃집 여자처럼 편안하게 받아들이게 만든다.

한 번은 내담자와 통화 중에 수화기 너머로 요란한 핸드폰 벨소리가 울려 퍼졌다. 대화는 심각하게 경직되어 있었는데 벨소리는 "꼬끼오~!" 하는 닭 울음소리였다. 나는 경쾌하게 말했다.

"서둘러요. 닭이 달걀을 낳았나 보요!"

우리는 함께 깔깔거리며 웃었다. 그때부터 대화가 부드럽게 풀리는 것을 느낄 수 있었다.

또 한 번은 늙어가는 것을 한탄하는 55세 아주머니의 전화였다. 그날 아주머니는 눈가의 자글자글한 주름을 발견하고 우울해하고 있었다. 나는 말했다.

"어이구, 전화 잘하셨어요. 마침 저도 보톡스를 맞아볼까 생각하고 있었는데 같이 가볼까요?"

우리는 하하, 웃고 이 문제를 넘겨버릴 수 있었다. 늙는 것을 한탄하다 보면 우울해지기만 할 뿐이다. 나는 차라리 좀 더 젊어 보일 수 있는 방법을 나눠보자고 제안했다. 내가 먼저 얘기했다.

"역시 헤어 스타일이 가장 중요해요. 저는 지금도 긴 머리를 고집하고 있어요. 염색할 때 좀 귀찮긴 하지만 긴 머리는 여전히 여성미를 남겨주어요."

아주머니도 말했다. "화려한 색의 옷을 입어야 해요. 늙었다고 칙칙한 옷만 걸치면 그게 더 늙어 보이거든요. 그래서 요즘은 핑크색, 빨간색 옷을 많이 산다우."

우리는 몇 가지 방법에 크게 공감했다. 칙칙해질 수 있는 대화가 유머 덕분에 생산적인 대화로 변한 경우였다.

유머는 세상을 살아가는 지혜이자 가장 훌륭한 대화 기술이다. 이것은 비타민처럼 활력을 불어넣어 관계를 건강하게 지속시켜 준다. 수십 년 동안 훌륭한 부부 사이를 유지하고 있는 사람들을 보면 일상생활 속에 그들끼리 통하는 유머가 있음을 알 수 있다. 또한 훌륭한 리더로 존경받고 있는 사업가, CEO들의 대화를 보아도 유머가 넘쳐흐름을 알 수 있다. 친구 관계, 연인, 가족, 직장 동료 사이에서도 유머는 소금처럼, 후추처럼, 톡톡 튀며 영향력을 발휘한다.

유머 감각이 부족해서 인기가 없다며 고민하는 사람들이 많이 있지만, 나는 이것이 고민이 되어야 할 이유는 없다고 생각한다. 타고난 유머 감각으로 인기를 누리고 모임에서 스포트라이트를 받는 사람들은 어디에나 존재한다. 당신이 그런 사람이 아니라고 해서 절망할 이유는 없다.

오히려 유머를 발휘하는 사람 앞에서 큰 소리로 활짝 웃어주는 당신이 돋보인다. 유머에 웃을 수 있다는 것은 당신이 열린 마음의 소유자이며 여유와 따뜻함을 가진 사람임을 보여준다. 스크루지는 웃지 않는다. 심통이 사납기 때문에 웃을 수가 없는 것이다. 스크루지뿐만 아니라 소설과 영화에 나오는 모든 심통 사나운 캐릭터들은 웃지 않는다. 「이보다 더 좋을 순 없다」에서 잭 니콜슨은 영화 내내 웃지 않다가 마지막에 사랑하는 여인과 키스를 나눈 후에야 살짝 미소를 짓는다. 이것은 그의 편집적인 성격이 치유되기 시작했다는 작은 희망을 보여준다.

최근에는 유머를 통해 정신적 문제를 가진 사람들을 치료하려는 시도가 이루어지고 있다. 특히 우울증, 불안 증세, 자신감이 부족한 사람에게 유머 치료를 시도하고 있다고 한다. 외과 수술을 받은 후 고통으로 신음하고 있는 환자에게 간호사들이 열심히 유머를 들려주면 회복 속도가 훨씬 빨라진다고 한다.

당신의 인생이 우울하다면, 당장 당신이 복용해야 할 것은 프로작(우울증 치료제)이 아니라 유머의 비타민이다. 그것은 의료 보험이 필요하지도 돈이 들지도 않는다. 그저 마음의 문을 여는 것으로 충분하다.

찬사와 립 서비스

오랜만에 친구나 동료를 만날 때면 가장 듣기 좋은 소리가 있다. "와, 홍 선생! 왜 이렇게 예뻐졌어?" "핑크색을 입으니 정말 화사하네!"

나 역시 열심히 상대방의 작은 변화에 감탄을 한다. "안경을 바꿨구나! 역시 정 여사 안목은 대단해!" "와, 피부가 장난이 아닌걸. 뭐 좋은 일 있어?"

우리는 이렇게 기분 좋게 만남을 시작한다.

한번은 어느 모임에서 오랜만에 보는 친구가 쌍꺼풀 수술을 하고 나타났다. 모든 사람들이 정말 잘했다, 10년은 젊어 보인다며 찬사를 퍼붓고 있는 상황에서, 단 한 사람이 퉁명스럽게 중얼거렸다.

"쌍꺼풀 수술을 왜 했어? 티가 너무 나잖아."

분위기는 순식간에 썰렁해졌다. 신체의 중요한 부분을 바꾸고 가뜩이나 걱정이 많을 사람에게 이런 말을 했으니 당사자에게는 큰 상처가 되었을 것이다.

나중에 한 친구가 퉁명스러운 그 친구에게 언질을 주었다.

"예쁘기만 한데 왜 그렇게 말했어? 가서 자꾸 보니 예쁘다고 말해줘."

그러자 그 친구는 정색을 했다.

"안 예쁜데 뭘 예쁘다고 말해? 나는 그런 입에 발린 소리 안 해!"

이후로도 그 친구는 그런 뻣뻣한 성격 때문에 모임에서 늘 작은 갈등을 만들어냈다.

어느 날 나는 그녀에게 다가가 말을 걸었다.

"역시, 너는 다리가 참 여뻐. 예전부터 네 다리를 볼 때마다 예쁘다는 생각을 많이 했었어."

내 말에 그녀는 깜짝 놀랐다.

"정말? 내 다리가 예쁘니?"

"그럼. 좋겠다. 나는 다리가 굵어서 늘 콤플렉스거든."

그녀의 얼굴이 활짝 밝아지며 미소를 지었다. 그러고는 나에게 위로의 말을 던졌다.

"무슨 소리야! 내가 너 치마 입은 거 봤는데 굵다는 생각은 전혀 안 들었는걸!"

우리는 웃음 속에서 대화를 계속했다. 입에 발린 말은 하지 않는다는 그녀였지만, 나의 립 서비스어는 넘어가고 말았다.

사람들은 립 서비스가 비겁한 아부라고 생각한다. 그러나 내 생각은 다르다. 립 서비스는 기분 좋은 깜짝 선물이다. 전혀 예상하지 못하고 있던 사람에게 깜짝 선물을 던져주는 것이다.

당신이 직장 생활을 하고 있다면 불편한 관계의 동료에게 하루 하나씩 립 서비스를 던져보자. 별로 어려운 일이 아니다. 관심 있게 바라본다면 칭찬할 일은 얼마든지 있다.

"오늘 넥타이 색깔이 아주 멋진데!"

"오늘 헤어 스타일 예쁘네. 직접 한 거야?"

"와, 목걸이가 굉장히 특이한데. 어디서 샀어?"

모두 듣는 사람을 우쭐하게, 기분 좋게 하는 말이다. 이런 말들이 날마다 이어진다면 불편한 관계의 동료라도 마음을 열고 한 걸음씩 다가올 것이다.

한번은 아내와의 성생활이 뜸하다는 10년차 남편의 전화를 받은 적이 있었다. 그는 아내가 잠자리를 거부한다며 걱정이 많았다.

긴 이야기 끝에, 나는 그에게 아내에게 잠자리를 요청하는 방법을 바꿔보라고 제안했다. 그는 무턱대고 딴 일을 하고 있는 아내를 끌어안거나, 앞뒤 가리지 않고 침대로 끌어당기는 사람이었다.

"오늘 당신 정말 예쁜데!"

"당신 오늘 왜 이렇게 섹시해?"

"이리 와봐. 오늘 당신 꼭 안아보고 싶어."

이런 은근한 말들은 아내로 하여금 남편이 자신에게 여전히 매력을 느끼고 있음을 깨닫게 만든다. 또한 사랑받고 있다는 포근한 기분에 사로잡히게 한다. 여자는 남자와 달라서 성 충동을 느낄 때 사랑하고 싶은 것이 아니라, 사랑받는다고 느낄 때 성 충동을 느낀다. 현명한 남편이라면 아내에 대한 립 서비스를 멈추지 않을 것이다. 또 그것이 스스로 아내에게 사랑받는 남편이 되는 방법이기도 하다.

　립 서비스의 힘은 우리의 상상 이상으로 강하다. 받는 사람은 기분이 좋아져서 좋고, 하는 사람은 그 사람의 기분 좋은 미소를 보아서 좋다. 또한 립 서비스에는 서로 융합하기 힘든 사람들까지도 친해지게 만드는 놀라운 힘이 있다. 시어머니와 며느리의 관계가 그 좋은 예다. 며느리의 립 서비스에는 아무리 고집불통 시어머니라 해도 녹아내리지 않을 수 없을 것이다. 아직도 권위를 내세우며 며느리의 모든 것에 트집을 잡으려고 하는 시어머니가 있을까? 그렇다면 먼저 며느리가 던지는 립 서비스에 활짝 웃는 모습부터 보여주자.

기분이 좋아지는 | 립 서비스 | 아이디어

1. 외모에 대한 칭찬은 절대로 실패하지 않는다. "얼굴이 환해 보이네요." "오늘 아주 근사해 보이네요, 뭐 좋은 일 있어요" 등의 말이 상대방의 하루를 바꾼다.

2. 상대방의 가치를 올려주는 말은 응원의 힘을 가진다. "당신과 만나면 좋은 일이 있을 것 같아요." "당신이 행운을 불러오나 봐요" 등의 말을 해주자.

3. 립 서비스는 진심이 담긴다는 의미에서 입에 발린 말, 즉 아첨이나 아부와 차별된다.

4. 상대방이 내게 필요한 존재임을 알리자. "당신을 만나면 힘이 나요." "당신과 헤어질 때는 항상 아쉽네요" 등의 말로 그 사람과의 만남을 가치 있게 만들라.

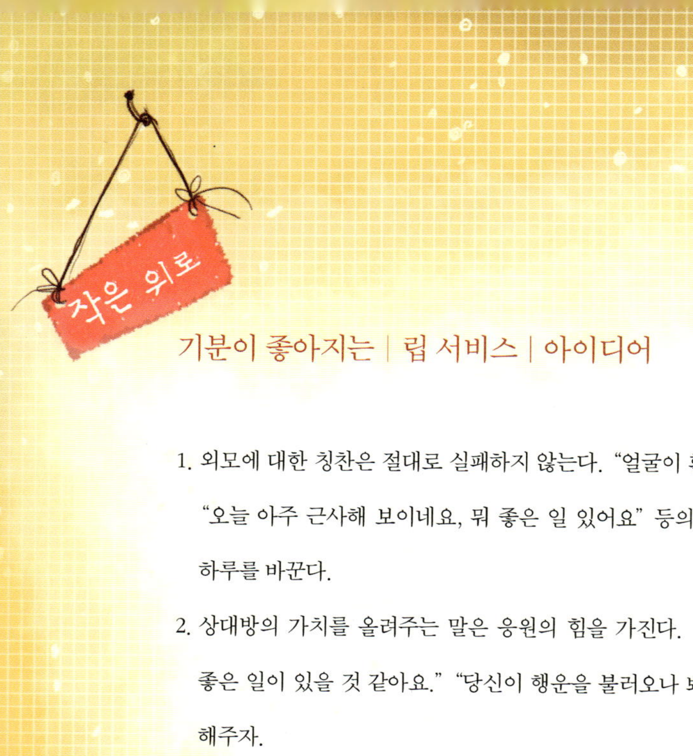

언제나 고맙습니다

성경의 데살로니가 전서 5장에는 "항상 기뻐하라, 쉬지 말고 기도하라, 범사에 감사하라"는 말씀이 있다. 나는 초등학교 3학년부터 지금까지 쭉 교회를 다녀왔는데도, 아직도 이 말씀을 잊어버리고 불만에 휩싸일 때가 참 많다.

얼마 전 영어 성경을 뒤적이다가 이 부분을 영문으로 찾아냈다. 영문 원글은 다음과 같았다.

"Rejoice evermore, Pray without ceasing, In every thing give thanks."

한글로 읽었을 때에는 너무나 당연하게 여겨졌던 글이 좀 더 적확하게 다가오는 것 같았다. 특히 마지막의 'In every thing'은 '범사'라는 단어로 간단하게 표현되었지만 주어진 모든 상황, 모든 작은 일들에 감사하라는 하나님식 표현일 것이다.

내가 현재의 내 상황에 감사하고 있었던가? 갑자기 부끄러움이 밀려왔다. 최근 부쩍 허탈감에 빠져 정신적으로 우울한 상태였다. 남편의 자상한 보살핌에도 불구하고 이유 없이 짜증을 내곤 했었다. 비록 나약한 몸이지만 이 한 몸 뉘일 따뜻한 집이 있고, 나를 걱정해 주는 많은 사람들과 내 손을 잡아주는 남편이 있음에 고마워해야 한다는 사실을 까맣게 잊어버리고 있었던 것이다.

대부분의 사람들은 감사할 일이 있을 때에만 감사한다. 누군가에게 큰 도움이나 선물을 받았을 때, 좋은 일이 생겼을 때에만 반짝 감사한다. 하지만 선물의 유효기간이 끝나고 인생에 시련이 찾아오면 감사하는 마음을 잊어버리고 불만과 한탄의 세월을 보내게 된다. 돌아보면 우리는 여전히 감사해야 할 것들을 많이 갖고 있는데, 가지지 못한 것, 내 것이 아닌 것을 아쉬워하며 스스로 불행한 사람이 되는 것이다.

감사는 특별한 날에만 따로 느끼는 특별한 감정이 아니다. 감사는 생활이다. 나는 물론이고 대부분의 사람들이 이 사실을 잊고 살아간다.

얼마 전 걸려왔던 30대 초반 주부의 전화가 생각난다. 결혼 8년차인 그녀는 현재 남편에 대한 불만이 최고조에 달해 있었다. 그렇다고 남편이 바람을 피우는 것도, 가장으로서의 의무를 소홀히 하는 것도, 그녀에 대한 사랑이 식은 것도 아니었다. 남편은 적은 봉급이지만 사회생활을 성실히 하고 있고 늘 아내의 마음에 신경을 쓰며 그 기준에 부합하지 못해서 미안해하고 있었다. 그녀는 생활비를 아끼기 위해 어쩔 수 없이 자동차를 팔아야 했다며 하소연했다. 그 이후로 대형마트에서 장을 보지 못하고 동네 구멍가게에서 생필품을 사서 낑낑거리며 집까지 들고 걸어오는 것이 그녀의 불만이었다. 친구들은 모두 30평대 아파트에서 보란 듯이 살고 있는데 아직 20평 빌라의 전셋집 생활을 계속하고 있는 것도 불만이었다.

8년 전 결혼했을 때의 그녀의 마음은 어땠을까? 초라한 집이라도 단둘이 살 수 있다는 그 사실에 기쁘지 않았을까? 매일 저녁 그와 같은 이부자리에 누워 아침에 같이 눈뜰 수 있음에 감사하지 않았을까? 이 소중했던 감정들은 모두 어디로 갔을까?

언젠가 어느 책에서 이런 글귀를 읽은 적이 있다. 사막에서 물을 찾지 못해 죽는 사람들은 갈증 때문에 죽는 것이 아니라 물을 찾지 못한다는 절망과 분노 때문에 죽는 것이라는. 사람을 행복하게 만드는 것이 감정이듯, 불행하게 만드는 것도 감정이다.

늘 감사하는 마음이 중요한 이유는, 감사하는 마음에는 불행이 깃들지 않기 때문이다. 화창한 날씨에, 아이들의 꺄르륵 웃음소리에, 함께 하는 소박한 식사에 감동하고 감사하는 자에게 무슨 불만이 있겠는가. 설사 최악의 고난이 닥쳐온다 해도 감사하는 자는 그 속에서 좋은 것들을 발견하고 웃음 짓는다. 그리고 결국엔 그 웃음이 고난을 날려버린다.

위의 불만 많은 젊은 주부에게 나는 "어디 아픈 데는 없어요?"라고 물어보았다. 아니나 다를까 소화 장애와 피부 트러블에 시달린 다고 대답했다. 나는 "그것 봐요. 불만이 많으니까 몸에 탈이 나는 거예요"라고 그녀를 살짝 나무랐다.

나는 그녀에게 몇 가지 상황을 가정해 보라고 제안했다. 어느 날 갑자기 남편이 사라져버린다면? 몸이 아파서 일어날 수가 없다면? 지금 사는 집보다 더 작고 초라한 곳으로 옮겨야 한다면? 지금 누리고 있는 모든 것을 잃어버린다면?

나는 내 질문 속에서 그녀가 현재 누리고 있는 것들의 가치를 깨닫기를 바랐다. 사람들은 소중한 것들을 당연시 여기고, 그것을 잃어버리고 나서야 얼마나 소중한 것이었는지를 깨닫는다. 그녀의 불만과 짜증은 남편을 떠나버리게 만들 가능성이 충분했다. 그녀는 그걸 바라는 걸까?

나는 그녀에게 말했다.

"오늘 밤 남편에게 고맙다고 말하세요. 곁에 있어줘서, 오랜 세월 함께 해줘서, 변함없이 사랑해 줘서 고맙다고 말하세요."

낮은 목소리로

가정주부들 중에 자신만을 위한 시간을 자율적으로 쓸 수 있는 사람은 많지 않을 것이다. 밥하고 빨래하고 청소하고, 남편과 아이들을 챙기는 일이 우선이라 개인적 시간을 가지는 일은 늘 뒷전으로 밀릴 수밖에 없다.

간혹 여유가 생겨 오랜만에 친구들을 만나 좋은 시간을 보내려 해도 남편이 허락하지 않을 때가 많다. 남편들은 아내들의 외출을 지독히 싫어하는 심리가 있기 때문이다.

나의 경우는 그 정도는 아니었지만 서로 생각이 달라서 외출 문제로 가끔 부딪치는 경우가 있었다. 나는 이미 음악회에 가려고 티켓을 끊어놓았는데 갑자기 다른 모임에 가야 한다며 티켓을 취소하라고 하는 경우였다.

만약 그 모임이 정말로 내가 가야 하는 곳이라면, 나는 하는 수 없이 티켓을 포기해야 했다. 하지만 그렇지 않은 경우에는 남편에게 단호하게 말했다.

"나는 오페라에 갑니다. 이건 허락을 요하는 게 아니고 통고입니다."

나는 절대로 화를 내지 않고 매우 조용하게, 그러나 단호하게 말했다. 결국 남편이 손을 들었다.

처음 혼자서 해외여행을 하겠다고 나섰을 때, 남편은 걱정이 돼서 혼자 못 보내겠다고 했다. 나는 동행인을 밝히고 여행의 여정을 꼼꼼히 설명해 주었다. 남편은 반신반의했지만, 결국엔 나의 부드럽지만 집요한 설득에 허락을 하고야 말았다. 지금은 서로 가고 싶은 곳을 의논하고 함께 가지 못하는 상황에서는 신변 안전이 확실한 경우에 한해서 어디든 가도록 동의해 준다.

이처럼 남편에게서 나의 외출권을 보장받는 데에 큰 다툼은 없었다. 나는 처음부터 이것을 싸울 문제가 아니라 설득의 문제로 보았기 때문에 화를 내지 않았다. 가능한 낮은 목소리로 내 생각을 합리적으로 되풀이하였고, 단번에 허락을 받아내지 못했지만 결국에는 남편의 동의를 얻어냈다. 큰 소리 한 번 내지 않고 동의를 얻어낼 수 있었던 것은 내가 화를 내지 않았고 그 역시 열린 마음으로 내 얘기를 들어주었기 때문일 것이다.

외출권 문제 때문에 상담해 오는 주부들의 전화는 대략 비슷하다. 남편은 이유를 불문하고 안 된다고 말하고, 아내는 왜 안 되느냐며 펄쩍 뛴다. 이렇게 서로 말다툼을 하다가 아내 쪽에서 그냥 집을 나와버린다. 허락 없이 맘대로 행동하는 아내의 모습에 남편은 더욱 화가 치솟는다. 별일도 아닌 것이 큰 싸움으로 번지는 것이다.

우리에게는 목소리가 클수록 이긴다는 통념이 강하게 자리 잡고 있다. 화가 나면 이성을 잃고 소리부터 지르는 사람들을 많이 본다. 싸움이 일어나는 현장에서는 확실히 목소리가 작은 사람이 밀리는 느낌이 드는 것이 사실이다.

하지만 결국에는 화를 다스리고 논리적으로 자기 주장을 펼치는 사람이 이기게 되어 있다. 화가 나고 기분이 언짢을수록, 목소리를 낮추고 이성적으로 이야기해야 원하는 것을 얻어내는 데에 효과적이다.

물론 쉽지 않은 일이다. 의식적인 훈련이 필요하다.

늘 언성을 높여 열심히 싸우지만 도무지 문제가 해결되지 않는다는 사람들에게 나는 목소리를 낮추는 훈련을 해보라고 제안한다.

첫 번째 방법은 심호흡이다. 화가 치솟는 걸 느끼는 순간 우리는 자신도 모르게 숨을 헐떡이고 있다. 가슴이 들썩들썩 하는 것은 흥분해서 숨이 뱃속 깊이 내려가지 않고 흉곽 부위에서만 왔다 갔다 하고 있기 때문이다.

이때 깊게 숨을 내쉬어보자. 힘들 때 한숨을 쉬면 답답함이 다소 풀리는 것처럼, 심호흡을 하면 치솟던 화가 누그러지는 것을 느낄 수 있다.

다음 방법은 입을 다물고 상대방의 이야기를 먼저 듣는 것이다. 화가 나면 상대방의 이야기에 반박하고 싶은 마음에 너도나도 먼저 말하려고 다툰다. 서로의 말을 끊고 자기 입장만 외치는 것이다. 하지만 내 생각을 설득시키려면 그가 내 말을 듣게 만들어야 한다. 그가 내 말을 듣게 하는 가장 좋은 방법은, 내가 먼저 그의 말을 들어주는 것이다.

이렇게 상대방의 말을 먼저 다 들은 후에 내 이야기를 하자. 낮은 목소리로, 천천히, 마음이 상하지 않도록 설득력 있는 표현을 골라서 얘기하자. 화가 날수록, 심각한 얘기일수록, 상대방이 듣기에 불편한 내용일수록, 낮은 목소리로 말해야 한다.

만약 상대방이 너무나 화가 나 있어서 이야기를 들을 상황이 아니라면, 붙잡고 계속 말하는 것보다 거기서 멈추는 것이 낫다. 시간이 좀 지나서 화가 누그러진 후에 이야기하면 대화가 훨씬 수월할 것이다.

심호흡, 낮은 목소리, 귀 기울여 듣기, 기다림……. 이 네 가지를 잘 기억해 두고 화가 나는 상황에서 훈련해 보자. 당장은 답답하지만 시간이 지나고 나면 이것이 현명한 대화의 자세이며 원하는 결론을 얻어내는 데 더 효과적임을 알게 될 것이다.

손을 잡아주세요, 안아주세요

마음으로 진정 좋아하는 사람을 만날 때면 내 특유의 버릇이 나타난다. 그것은 가까이 다가가 안아주고 손을 잡아주는 것이다. 팔을 살짝 잡으면서 이렇게 말하기도 한다.

"잘 지냈어요? 참 많이 보고 싶었어요."

잡은 손에서 냉기가 느껴지면 나는 양손바닥으로 그 손을 비벼준다.

"손이 시려요? 내가 녹여줄게요."

헤어질 때에 나는 다시 그 사람을 끌어안는다. 남자의 경우라면 팔꿈치를 살짝 잡으면서 작은 소리로 말한다.

"자주 연락해요. 당신을 의해 기도할게요."

나는 그 사람이 완전히 내 시야에서 사라질 때까지 몇 번이고 뒤돌아본다. 내가 버스를 탄 경우라면 창밖으로 고개를 내밀고 버스가 떠날 때까지 열심히 손을 흔든다. 모든 사람에게 이렇게 하진 못해도 좋아하는 몇몇 사람에게는 애정을 충분히 표현한다.

덕분에 바쁜 생활 때문에 연락도 자주 못하고 만나기는 더더욱 힘들어도, 가끔씩의 만남 속에서 오래 기억할 따뜻함과 긴 여운을 남길 수 있었다. 내가 잡아준 손이 오래도록 따뜻했으면 좋겠고, 힘들고 외로울 때 나를 떠올리며 위안이 되었으면 좋겠다.

이정하 시인은 손을 잡는 것에 대해 이렇게 말했다. "사람이란 개개인이 서로 떨어진 섬과 같은 존재이지만 손을 내밀어 상대방의 손을 잡아주는 순간부터 두 사람은 하나가 되기 시작합니다"라고.

손을 내미는 내 마음은 그 친구가 외로울 때나 힘들 때 내가 가장 먼저 떠오르는 친구가 되길 바라는 마음이다. 그로 인해 내 삶이

복잡하고 힘들어질 때가 있더라도, 나를 생각해 주었다는 것으로 나는 고맙고 황송하다.

손을 잡는 것, 살짝 팔짱을 끼는 것, 어깨를 다독이는 것, 머리를 쓰다듬거나 몸에 붙어 있는 머리카락을 떼어주는 것, 만나고 헤어질 때 가볍게 포옹하는 것……. 이런 작은 행위들이 우리에게 주는 위안과 격려의 힘은 실로 대단하다.

우리가 사는 세상은 스킨십에 야박하다. 예전에는 친한 동무끼리 팔짱을 끼고 다니는 여학생들을 많이 보았는데 이제는 다들 혼자서 팔짱을 낀다. 나이가 들수록 부모님과 손을 잡거나 포옹하는 사람들이 극히 드물다. 마치 포옹이 연인들만의 전유물이 되어버린 듯하다.

최근 들어 스킨십이 가진 치유의 힘을 확신하는 사람들이 여러 캠페인을 벌이고 있다. 가장 대표적인 것은 국제구호기관인 월드비전 내 '가족지킴이센터'가 펼치는 '안아주기 캠페인'이다. 이것은 가족에 대한 사랑을 안아주기로 표현하고, '고마워요', '미안해요', '행복해요'라는 말로 가족을 격려하며, 그날 하루에 있었던 일을 서로 이야기하는 시간을 갖자는 캠페인이다.

'인천 여성의 전화' 직원들도 포옹의 힘을 실천하고 있다. 이곳에서는 모든 직원들이 상담을 위해 찾아오는 손님들을 끌어안는다. "어서 오세요. 반갑습니다" 하며 따뜻하게 끌어안고 손을 잡아준다. 처음에는 대부분의 사람들이 당황하지만, 곧 어색함이 사라지고 마음의 문을 연다. 특히 이곳을 찾는 사람들은 대부분이 가정 폭력이나 이혼 등의 문제로 상처가 있는 사람이라서 이들에게 포옹이 가지는 의미는 매우 크다.

캐서린 키팅이 쓴 『포옹할까요』라는 책에는 스킨십이 갖는 힘에 대해 좀 더 상세하게 기술되어 있다. 포옹은 기분을 좋게 하고, 외롭지 않게 하고, 두려움을 이기게 하며, 자신감을 키워준다. 또한 노화 방지, 식욕 억제에 도움이 되어 건강한 육체를 만들어주며, 언제 어디서나 할 수 있는 휴대용이고 특별한 도구가 필요하지 않은 최고의 치유요법이다. 또한 이 치유의 포옹요법을 실천하는 데에는 어떤 자격증도 필요하지 않다.

나는 그중에서도 그녀가 마지막으로 꼽은 포옹의 힘이 가장 마음에 와 닿는다.

"포옹은 우리 생의 텅 빈 공간들을 채워준다."

'아이 메시지'로 말하기

어쩌면 우리는 초등학교 시절 수학 공식을 외우기 전에 대화의 테크닉을 배웠어야 했는지도 모른다. 물론 일상생활 속에서도 대화법을 익혀야 했지만 우리가 듣고 자란 어른들의 말은 우리가 배워야 할 대화법과는 늘 반대였다.

어른들은 우리에게 이렇게 말했다.

"넌 누굴 닮아서 그렇게 공부를 안 하니?"

"너 또 나쁜 친구 사귀는 거 아니야?"

"너 또 거짓말하는구나! 누구한테 배웠어?"

어른들은 모든 말을 '너'로 시작해서 '너'로 끝냈다. 이것은 모든 문제를 상대방의 탓으로 돌리고 비난과 힐난을 담는 전형적인 '유 메시지You Message' 방식의 대화법이다.

이런 유 메시지를 듣고 자란 우리들 역시 이런 방식의 대화에서 헤어 나오지 못한다.

남편이 늦게 들어오면 아내는 "당신 왜 늦게 들어왔어?" 하며 당장 화부터 낸다.

아이가 키가 작은 것에 대해 엄마는 "넌 왜 그렇게 키가 안 자라니?"라며 속상해한다. 키가 자라지 않는 건 아이 잘못이 아닌데도 아이를 야단치는 것처럼 들릴 수밖에 없다.

몸무게가 자꾸 느는데도 식욕을 참지 못하는 아내에게 남편은 이렇게 말한다. "당신 너무 먹는 거 아니야?"

일을 제대로 처리하지 못한 부하직원에게 상사는 이렇게 말한다. "자네, 대체 몇 번을 말해야 알아듣겠나? 일을 이렇게 처리하면 어떡하나?"

이러한 유 메시지는 설사 말을 꺼낸 사람에게 전혀 나쁜 의도가 없었다고 해도 상대방의 마음을 상하게 하는 것이 사실이다. '나'에게는 전혀 문제가 없고 오직 '너'만이 문제라는 비난과 힐난의 느낌이 짙게 풍기기 때문이다.

우리가 배워야 했던 의사 전달법은 유 메시지의 반대인 '아이 메시지I Message' 이다. 이것은 '나'를 주어로 하여 자신의 생각과 감정을 표현하는 방식으로 상대방에게 내 입장을 충분히 전달할 수 있는 장점이 있다. 위의 유 메시지를 아이 메시지 방식으로 바꾸면 다음과 같아진다.

"엄마는 네가 공부를 열심히 안 하는 것 같아 많이 속상하구나."

"혹시라도 네가 나쁜 친구를 사귈까봐 아빠는 많이 걱정된다."

"네 키가 잘 자라지 않으니 엄마가 미안하다."

"나는 당신이 자꾸 살이 찔까봐 걱정돼."

"나는 자네가 이 일을 잘 해낼 것이라 믿었는데 이렇게 되니 속 상하군. 어려운 점이 무엇이었는지 말해 보게."

나는 가끔 대화를 잘 못해서 걱정이라는 내담자들에게 아이 메시지를 간단히 설명해 주고 연습을 해보자고 한다. 간단할 것 같지만 의외로 많은 사람들이 이 의사전달 방식을 어려워한다. 그만큼 우리의 언어 습관이 유 메시지에 길들여져 있기 때문이다.

나는 젊은 시절 남편에게 나의 재산권을 인정받기 위해 꽤 오랫동안 아이 메시지로 그를 설득해야 했다. 저축의 15%를 5년간 내 명의의 통장에 넣는 것이 내가 원하는 것이었다.

내 요구를 이해하지 못하는 남편에게 나는 늘 이렇게 말했다.

"나는 그 돈이 필요해요. 당신이 더 이상 나를 지켜줄 수 없을 때, 그 돈이 내게 매우 요긴할 거예요. 당신이 어떻게 될지 알 수가 없으니 나는 그 돈이 있어야 안심이 되겠어요."

당시는 남편이 일하던 화학공장에 폭발 사건이 일어났던 직후였다. 남편이 어느 날 갑자기 나를 떠날 수도 있다는 생각이 들자 대비를 해야 한다는 생각이 들었다. 나는 부모를 일찍 잃었고, 형제도 없으며, 아이 이외에 혈연이라고는 아무도 없었다. 게다가 한 번도 사회생활을 한 적이 없었다. 내세울 건 교사 자격증밖에 없는데 과연 쓸모가 있을지 알 수 없었다. 아이를 지키기 위해, 내 힘으로 먹고 살기 위해, 나에게는 미래에 대한 대비책이 필요했다.

남편은 펄쩍 뛰었다. 그는 유 메시지로 나에게 말했다.

"당신에게 무슨 돈이 필요하지? 당신 나를 못 믿는 거야?"

하지만 나는 계속 아이 메시지로 말했다.

"여보, 내겐 그 돈이 힘이 될 거에요. 그 돈이 내게는 친정 엄마이고 친정 오빠가 될 거에요. 그 돈을 내 이름으로 저금하는 것을 허락해 준다면 내 마음이 든든할 거예요. 다행히 아무 일도 없으면 나중에 아이를 위해 유용하게 쓰게 될 거구요."

남편은 결국 내 마음을 이해해 주었다. 나는 가끔 그가 허락해 준 내 저금통장을 꺼내 보이며 그에게 든든하다며 자랑을 했다. 고맙다는 말도 잊지 않았다. 세월이 이만큼 흘러 그 통장은 우리 부부가 노후를 보내는 데 적지 않은 도움이 되었다. 지금은 내 통장이 아니라 '우리 통장'이 된 지 오래다.

아이 메시지와 같은 맥락의 '위 메시지We Message'도 기억해 두자. 조직에서는 '아이I'보다도 오히려 '위We'가 더 효과적일 수 있다. 예를 들어 팀원 중에 어느 한 명 때문에 일의 진척이 더디다고 하자. 만약 유 메시지를 일삼는 팀장이라면 "당신 하나 때문에 일이 제대로 되지 않아!"라며 그를 비난할 것이다. 하지만 현명한 팀장이라면 위 메시지로 말할 것이다. "우리 팀에 무슨 문제가 있는지 함께 생각해 봅시다. 우리는 할 수 있습니다. 서로 도와주는 마음을 잊지 맙시다." 이처럼 무엇을 중심으로 말하느냐에 따라 생각이 바뀐다. 유 메시지로 말하는 사람은 책임 소재를 따지며 다그치고 비난하지만, 위 메시지로 말하는 사람은 끝까지 책임을 함께 하며 협력하려는 마음을 갖고 있다. 이것은 조직의 건강함과도 관련이 있을 것이다. 바로 이런 이유로 미국의 코카콜라와 같은 기업의 경우 직원들에게 모든 대화를 'We'로 시작하라고 권장하고 있다고 한다.

부부와 가족들, 친구 사이에도 '위'로 말하는 훈련이 필요하다.

"우리가 요즘 왜 이렇게 싸우지? 우리에게 무슨 문제가 있는 걸까?"

"우리 요즘 대화가 부족해. 오늘은 진지하게 대화를 나눠보자."

"우리 오늘 한 잔 할까?"

이렇게 '우리'라고 시작하는 말에는 거부할 수 없는 힘이 있다. 여기에는 어떤 비난이나 책임 전가도 담겨 있지 않다. 우리라는 말을 듣는 순간, 모든 문제는 '너와 나' 공동의 문제가 된다. 또한 우리라는 말에는 그 문제를 해결하고 싶다는 화자의 의지가 들어 있다. 그것은 또한 그가 상대방과의 관계를 아끼고 있다는 의미도 된다.

이렇게 두루 좋은 표현을 우리가 쓰지 않아야 할 이유가 있을까? 언어 습관을 바꾸면 생각이 바뀌고, 생각이 바뀌면 관계가 바뀐다.

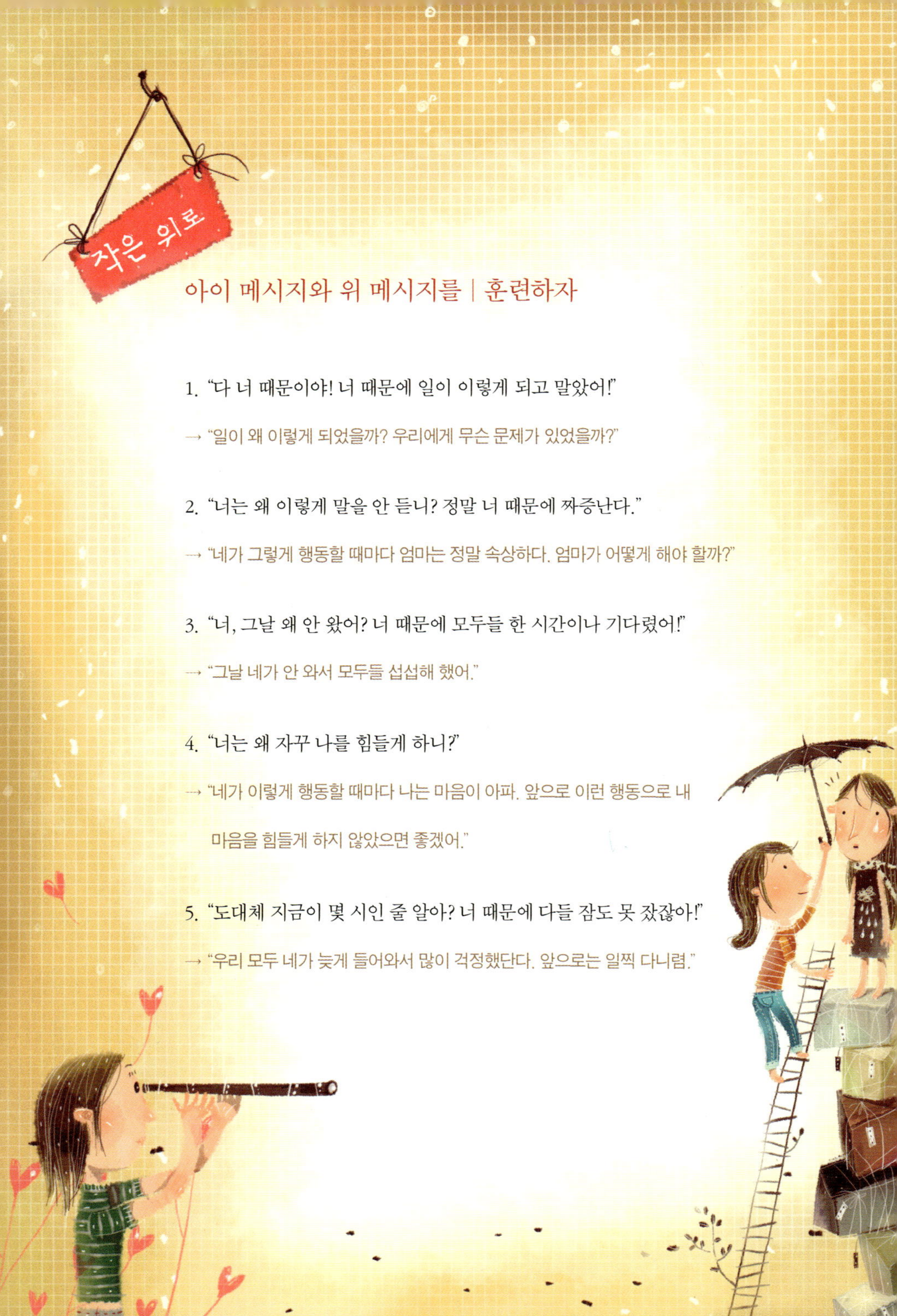

아이 메시지와 위 메시지를 | 훈련하자

1. "다 너 때문이야! 너 때문에 일이 이렇게 되고 말았어!"

→ "일이 왜 이렇게 되었을까? 우리에게 무슨 문제가 있었을까?"

2. "너는 왜 이렇게 말을 안 듣니? 정말 너 때문에 짜증난다."

→ "네가 그렇게 행동할 때마다 엄마는 정말 속상하다. 엄마가 어떻게 해야 할까?"

3. "너, 그날 왜 안 왔어? 너 때문에 모두들 한 시간이나 기다렸어!"

→ "그날 네가 안 와서 모두들 섭섭해 했어."

4. "너는 왜 자꾸 나를 힘들게 하니?"

→ "네가 이렇게 행동할 때마다 나는 마음이 아파. 앞으로 이런 행동으로 내

마음을 힘들게 하지 않았으면 좋겠어."

5. "도대체 지금이 몇 시인 줄 알아? 너 때문에 다들 잠도 못 잤잖아!"

→ "우리 모두 네가 늦게 들어와서 많이 걱정했단다. 앞으로는 일찍 다니렴."

분노를 표현할 줄 알자

「성질 죽이기」라는 미국 영화가 있다. 성질이 너무 나빠서 문제가 아니라 성질을 전혀 낼 줄 몰라서 문제인 한 남자에 대한 이야기이다.

주인공은 너무 순하다. 착취를 일삼는 직장 상사에게 대들 만한 배짱도 없고, 예쁜 여자친구가 자신에게 과분하다 생각해서 결혼을 청할 엄두도 못 낸다. 성질 죽이기 치료를 핑계로 다짜고짜 그의 집에 눌러앉은 정신과 의사가 온갖 괴팍한 짓을 해대도 화를 낼 줄 모른다. 심지어 출근길 러시아워 때 지각할까 봐 노심초사인 그에게 정신과 의사가 「웨스트 사이드 스토리」의 「I Feel Pretty」라는 곡을 부르라고 하자 고분고분 따라 부르는 인내심을 과시한다.

영화는 제목처럼 성질을 죽이는 것의 중요성에 대해 이야기하려는 것이 아니라 오히려 성질을 낼 때는 내야 정신이 건강하다는 데에 초점을 맞춘다. 이 영화가 나왔던 2003년에는 유난히 사회적으로 '성질 죽이기 프로그램'에 대한 수강 열풍이 뜨거웠다고 한다. 이것은 어떤 경우에도 화를 내지 않는 마인드 컨트롤 방법을 가르치는 프로그램으로, 분노를 잘 다스리는 사람만이 사회적으로 성공할 수 있다는 신화를 만들어냈다. 이 영화는 이러한 사회적 트렌드를 살짝 비웃으며 이 신화에 정면으로 반기를 드는 것이라 볼 수 있다.

어째서 성질을 죽이기만 해야 하는가. 분노를 표현하지 않는 것이 세련된 처세술일지는 모르겠지만, 정신 건강에는 오히려 해가 된다. 슬플 때 한바탕 울면 기분이 상쾌해진다. 우울할 때 노래방에 가서 고래고래 소리를 지르며 노래를 부르고 나면 한결 기분이 좋아진다.

화가 날 때도 마찬가지다. 야구 연습장에 가서 죽어라 방망이를 휘두르면 화가 풀린다. 뭐든 시원하게 깨지는 물건을 집어 들고 사정없이 던지는 것도 한 방법이다. 물론 던지는 게 버릇이 돼버리면 곤란하다. 또, 값이 많이 나가는 물건을 던지고 나면 당장은 화가 풀리더라도 나중에 크게 후회하게 될지도 모른다.

스트레스는 감정을 쌓아둘 때에 생긴다. 우리는 감정을 표현하면서 기분을 푼다. 말로 풀기도 하고, 영화나 음악을 감상하며 풀기도 하고, 쇼핑이나 운동으로 풀기도 한다. 그래도 풀리지 않는 거센 분노는 화를 내거나 소리를 지르거나, 물건을 집어던지거나, 그것도 아니라면 미운 사람을 때리는 것으로 풀 수 있다. 물론 이 방법이다 좋은 것은 아니다. 하지만 어쨌든, 여기서 중요한 것은 스트레스가 되지 않도록 분노를 표현해야 한다는 것이다.

드라마를 보면 연인들이 싸울 때 가끔 이런 대사가 나온다. 화를 주체하지 못하는 여자에게 남자가 "자-, 때리고 싶은 만큼 때려!" 라고 하면 여자는 남자의 가슴팍을 힘차게 때린다. 그렇게 때리다가 남자의 품에 안겨 엉엉 운다.

다음 장면은 어느새 말짱해진 여자의 얼굴을 보여준다. 그녀는 남자를 때리고 엉엉 운 것으로써 분노를 남김없이 흘려보냈다.

1년 여에 걸친 별거 끝에 막 이혼 수속을 마친 한 여자가 있었다. 중학교 교사인 그녀는 별거와 이혼의 아픔을 동료 여교사에게 털어놓으며 아픔을 달래곤 했다.

그런데 어느 날, 바로 그 여교사가 남편의 숨겨진 여자라는 걸 알게 되었다. 그녀는 배신감에 부들부들 떨었다. 그 여자의 얼굴을 매일 보아야 한다는 게 너무나 괴로웠다. 마음 같아서는 머리카락을 붙잡고 흔들며 나쁜년이라고 욕해 주고 싶었다. 하지만 그녀는 그렇게 할 수 없었다. 직장에서 그녀는 행동을 조심해야 하는 선생님이었다. 동료들이 알게 되는 것도 두려웠다.

그녀가 전화로 이런 이야기를 쏟아놓았을 때, 나는 그녀가 미처 처리하지 못한 감정들을 그녀 대신 실컷 퍼부어댔다.

"정말 나쁜 여자군요! 세상에 남자가 오죽 없으면 직장 동료의 남편이랑 놀아난대요?"

내가 화를 내며 언성을 높이자 그녀는 참아왔던 분노가 터졌는
지 함께 욕을 했다.

"그렇죠? 인간 말종이죠?"

"그럼요. 게다가 분풀이도 못하고 가만히 놔두려니 얼마나 힘들
었어요? 머리채 잡고 끌고 나와서 학생들 보는 앞에서 가정파괴범
이라고 소리 지르고 망신이라도 주지 그랬어요."

"저도 그러고 싶었어요. 저년이 내 남편 훔쳐갔다고 전교생 앞
에서 소리 지르고 싶었어요."

우리는 이렇게 한참을 시원하게 울화통을 터뜨렸다. 처음에는
흐느끼며 울던 그녀가 지금은 기운이 펄펄 솟는지 목소리에 힘이
넘쳤다. 나는 터트릴 만큼 분노를 터트린 후 그녀에게 물었다.

"어때요? 좀 시원하죠?"

"예. 덕분에요. 기분이 한결 나아졌어요."

오랜 세월 그녀는 슬픔과 자괴감에 빠져 있었다. 사람들은 분노
가 정신 건강에 아무런 도움이 안 된다며 분노를 컨트롤하라고 말
한다. 하지만 내 생각은 다르다. 분노는 터뜨려야 한다.

그리고 무엇보다 그 방법이 중요하다. 가장 좋은 방법은 속 시원
한 대화를 통해 푸는 것이다. 누군가와 분노의 대상에 대해 실컷 얘
기를 나눠보자.

이것으로도 분노가 풀리지 않는다면 산이나 옥상에 올라가 고
래고래 소리를 지르거나, 베개나 샌드백을 그 사람이라고 생각하고

죽어라 때려도 좋다.

하지만 이것보다 더 심한 경우에는, 나는 상대방에게 직접 화를 내도 무방하다고 생각한다. 위의 경우처럼 누가 봐도 나쁜 짓을 한 사람에겐 벌을 주어야 한다. 그녀는 조강지처였으므로 당연히 그럴 권리가 있다.

"내일 당장 그 여자에게 말하는 건 어때요? 학교를 그만두라고요."

"예? 그만두라고 말하라고요?"

"그럼요. 어떻게 한 직장에서 계속 일해요? 그렇다고 당신이 왜 그만둬요? 잘못한 사람은 그 여자니까 그 여자보고 그만두라고 말하세요. 꼴 보기 싫으니까 나가라고 하세요."

"못 나간다고 하면요?"

"유부남이랑 바람 피우고 가정까지 파괴한 거 다 소문내겠다고 말하세요."

"정말 그래도 돼요?"

"안 될 이유가 있나요? 이판사판이에요."

그리고 나는 이런 이야기도 덧붙였다. 일단 그녀가 눈앞에서 사라지면 그 다음부터는 그런 여자가 있었다는 것조차 깡그리 잊어버리라고. 분노를 다스리는 가장 건강한 방법은 화를 표현하고, 그것으로써 감정을 해소하여 깨끗이 잊는 것이다. 이것이 바로 '성질 죽이기'가 아니라, '성질 부리기'의 키프인트다.

The best way to say good-bye to loneliness

Part 5

당신도 누군가를
도울 수 있어요

내가 가진 것도 부족한데 남에게 줄 게
뭐가 있느냐고 흔히들 말하죠. 하지만 당신이 남에게 줄 수 있는 것은
얼마든지 있어요. 상처받은 친구의 속상한 사연에 귀 기울여 들어주고,
어깨를 다독여주고, 진심이 담긴 위로의 말을 전해주는 것만으로도
외로워하는 이의 마음에는 아주 커다란 힘이 된답니다. 큰돈이 들거나
거창한 계획이 필요한 일이 아니에요. 당신의 열린 마음 하나면
모두가 함께 웃을 수 있어요.

죽음을 생각하며 힘들어하는 친구에게,

우리는 충분히 도움이 될 수 있다.

딱 세 가지만 지키면 된다. 힘들어하는 친구를

혼자 내버려두지 말며, 판단하거나 조언하지 말며,

질문을 퍼부으며 궁지로 몰지 말아야 한다.

전화, 사람과 사람의 연결

전화를 통해 고민이나 위기에 봉착한 사람을 상담한다는 아이디어는 어디에서 시작된 것일까?

사랑의 전화와 연대를 맺고 있는 국제 상담기구 '비프렌더스 월드와이드Befrienders Worldwide'의 홈페이지에는 이런 글이 있다.

매년 전 세계 백만 명에 이르는 사람들이 자살을 한다.

만약 이야기를 나눌 단 한 사람이 있었다면 이들은 자살하지 않았을 것이다.

우리는 외롭거나 절망에 빠진 사람, 혹은 자살을 생각하는 사람들의 이야기를 들어준다.

들어주는 것으로써 우리는 그들의 생명을 살릴 수 있다.

비프렌더스 월드와이드를 운영하고 있는 '선한 사마리아인의 연대'는 영국의 성공회 주교인 채드 배라에 의해 시작되었다.

처음에 배라 주교는 상담이 뭔지도 몰랐다. 그저 실의에 빠진 교구 신자들을 찾아다니며 이야기를 들어주는 것이 도움이 된다고 생각했을 뿐이었다. 그가 귀를 기울여 들어주면 사람들은 눈물을 쏟으며 고민을 이야기했고 한결 후련해진 얼굴이 되었다.

그러던 어느 날, 그가 담당하는 교구에서 14세 소녀가 자살을 했다. 당시 영국에서 자살은 범죄 행위로 취급되었기 때문에 법에 따라 소녀의 시신은 묘지가 아닌 버려진 땅에 묻혀야 했다. 소녀가 자살한 이유는 생리를 시작했기 때문이었다. 자기 몸에 어떤 일이 일어났는지 설명해 줄 사람도, 터놓고 이야기할 사람도 없었기 때문에, 소녀는 자신이 성병에 걸린 줄 알고 목숨을 끊었던 것이다.

배라 주교는 너무나 가슴이 아팠다. 소녀가 단 한 사람에게만 자신의 고민을 털어놓았더라면 자살을 막을 수 있었을 텐데……. 그때 그는 결심을 했다. 언젠가는 자신의 전 생애를 걸고 자살을 예방하는 일에 매진하겠노라고.

1953년 그는 이 생각을 실행에 옮겼다. 그는 교회에 비상 전화번호인 999번을 개설하여 24시간 상담을 시작했다. 당시 이 비상전화를 홍보하면서 그는 자신을 이렇게 칭했다.

"나는 전화로 무슨 이야기든 들어주는 사람입니다."

언론은 이러한 서비스를 뭐라고 불러야 할지 난감했다. 그러다

「데일리 미러」지가 '텔레폰 굿 사마리탄 Telephone Good Samaritans' 이라는 닉네임을 붙이자 모든 언론이 따라 하기 시작했다. 이것이 지금의 이름으로 굳혀졌고 전 세계 네트워크인 비프렌더스 월드와이드로 확산된 것이다. (원래는 비프렌더스 인터내셔널이란 명칭을 사용하였으나 2006년 비프렌더스 월드와이드로 개명하였다.)

텔리폰 굿 사마리탄은 머지않아 배라 주교 혼자만의 힘으로는 운영이 힘들게 되었다. 이 일은 애초부터 수많은 사람들의 자발적인 참여가 필요했다. 다행히 주교의 선의에 동참하는 많은 사람들이 자원봉사자로 일하길 원했다. 그들은 상담에 대한 교육을 받은 적이 없었지만, 주교가 말하는 대로 열심히 들어주고 위로해 주었다. 중간에 말을 끊지도, 냉정하게 조언을 하지도 않았다. 그저 듣기만 했다. 하지만 그 효과는 대단했다. 전화를 걸어온 사람들은 고민을 털어놓고 감정을 해소하는 과정에서 스스로의 문제를 객관적으로 인식하고 용기와 의지를 되찾아가는 것이었다.

사마리아인의 카운슬링 원칙은 이렇게 자리를 잡아갔다. 사마리아인의 연대, 비프렌더스 월드와이드에 소속된 전 세계 38개국 401개의 상담소 모두 이러한 카운슬링의 원칙을 따르고 있다. 우리는 판단하지 않는다. 조언을 하지도 않는다. 우리는 상대방의 얼굴도 이름도 모른다. 철저한 익명성 아래 그저 귀를 기울인다.

한국에서 사랑의 전화를 시작한 분은 우리에게 잘 알려진 코미디언 심철호 씨다. 당시 우리나라는 전화기가 막 보급되어 가정마다 전화기를 놓기 위해 혈안이 되어 있던 때였다. 그때는 지금처럼 전화기를 사서 신청만 하면 곧바로 전화를 쓸 수 있던 때가 아니었다. 회선이 한정되어 있어서 이른바 전화 가입권이라는 걸 확보하기 위해 몇 달을 기다리거나 프리미엄까지 붙여서 암시장에서 거래되던 때였다.

하지만 심철호 회장은 머지않아 한국에도 집집마다 전화가 보급되고 전화로 이야기를 나누는 일이 흔해질 거라고 예측했다. 그리고 누구와도 할 수 없는 이야기를 전화를 통해 모르는 사람에게 털어놓고 위로받고 싶어하는 사람이 있을 것이라 예측했다.

그의 예상은 적중했다. 전화는 사람과 사람을 연결했다. 전화는 이야기를 하고 들어주게 만들었다. 전화는 위로를 주었다. 전화는 친구가 되어주었다. 전화는 생명을 구하기도 했다. 또한 전화는 기적을 만들기도 했다.

사마리아인 연대가 성공회 주교로부터 시작하였으나 비종교단체인 것과 마찬가지로 사랑의 전화 역시 종교와는 무관하다. 그후 여러 곳에서 전화 상담 복지사업을 시작했다. 기독교방송이 자살 방지를 위해 '생명의 전화'를 만들었고, 조계종은 '자비의 전화'를 만들었다. 여성 문제만을 전문으로 상담하는 '여성의 전화'와, 노인 문제를 전문으로 상담하는 '노인의 전화'도 생겼다. 사랑의 전화는 종교와는 무관하게 설립된 한국 최초의 전화 상담 서비스이자 자살만이 아닌 모든 문제를 나이와 성별을 떠나 모두 들어준다는 면에서 특별하다.

양귀자의 소설 「한계령」에는 이런 글이 나온다. "전화는 세상을 연결시키는 통로이면서 동시에 차단시키는 바람벽이기도 하였다." 전화가 있어서 우리는 더 자주 이야기를 나누지만, 전화를 핑계로 예전보다 덜 만나고 있다는 뜻이다.

상담은 두 가지 모두를 긍정적으로 이용한다. 전화를 통해 서로 연결되되, 전화이기에 얼굴을 마주 볼 필요는 없다. 사랑의 전화 상담실 안에서는 상상할 수 없는 놀라운 이야기들이 오고 간다. 하지만 그 이야기들은 특별하지 않다. 모두 우리들 자신의 이야기이기 때문이다.

위로는 사회적 책임

2005년 여름, 런던을 암울하게 만들었던 알카에다 조직이 자행한 연쇄 폭탄테러를 기억할 것이다. 56명의 무고한 시민이 사망하고 런던 시민 전체를 공포로 몰아넣었던 이 사건으로 영국 전체가 공황에 빠졌다.

사건이 일어난 후, 남모르는 곳에서 가장 발 빠르게 움직였던 사람들은 선한 사마리아인 연대의 자원봉사자들이었다. 이들은 평소보다 2배나 많아진 전화 상담에 일일이 응답하며 놀란 영국인들의 가슴을 다독였다. 실제로 테러 현장에 있었거나 테러로 인해 가족이나 친구를 잃은 사람만 전화를 해온 것이 아니었다. 사랑하는 사람을 잃은 기억이 있는 사람, 오래전 사고를 당한 적이 있는 사람, 홀로 외로운 사람, 죽음을 두려워하는 사람 등등, 악몽 같은 기억을 가진 많은 사람들이 충격을 토로하기 위해 누군가를 필요로 했던 것이다. 한동안 사마리아인 연대는 평소보다 2배나 많은 수의 자원 봉사자를 모집하여 비상 체제를 가동했다.

이런 일은 1997년 다이애나 비가 자동차 사고로 갑작스럽게 사망했을 때에도 일어났었다. 다이애나를 사랑했던 수많은 영국인들이 전화를 걸어와 슬픔을 토로했다.

만약 사마리아인 연대가 없었다면 어떤 일이 일어났을까? 충격과 슬픔에 잠긴 사람들은 그것을 털어놓을 데가 없어 어찌할 바를 몰랐을 것이다. 그중 마음이 약한 사람은 충격을 못 이겨 자살 시도 같은 돌이킬 수 없는 일을 저질렀을지도 모른다.

흔히 복지라면 배고픈 사람에게 밥을 지어주거나, 옷이 없는 사람에게 옷을 주거나, 몸이 아픈 사람에게 의료 서비스를 제공하는 것으로 알고 있다. 하지만 이것은 복지 중의 가장 기본적인 한 분야일 뿐이다.

생활수준이 높아진 선진국형 사회에서는 배고픔이나 헐벗음보다 더 시급한 문제가 있다. 바로 외로움, 우울함, 고독의 문제다. 이것은 배고픔에 시달리는 사람처럼 절박해 보이지는 않지만, 자살률 등의 수치를 볼 때 사회 문제로 인식되어야 할 이유가 충분하다.

치명적인 전염병이 발생하면 보건 당국이 총출동하여 확산을 막는 것처럼, 혹은 굶는 사람이 많으면 구청이나 지역의 복지 기관들이 합심하여 무료 급식 시스템을 만드는 것처럼, 상처받은 사람이 많을 때에는 사회가 나서서 이들을 위로해 주는 상담 시스템을

만들어야 한다. 위로 역시 사회적 책임이며 복지이기 때문이다.

복지는 육체적 행복만 다루지 않는다. 정신적인 행복까지 포괄하여 사회 구성원들에게 필요한 모든 서비스를 제공하는 것이 복지의 임무다.

그런 의미에서 상담은 복지의 최고 수준이라 말할 수 있다. 책임 있는 사회라면 국민의 정신 건강에 신경을 써야 한다. 모든 국민이 언제 어디서든 이용할 수 있는 상담 네트워크를 반드시 만들어야 한다.

삼풍백화점이 붕괴되었던 1995년 초여름, 나는 상담 경력 11년째를 맞고 있었다. 전화가 빗발쳤는데, 그들은 삼풍백화점과 직접적인 관련이 있지는 않았지만 이 사건으로 인해 과거의 상처가 드러났거나 자신이 처한 현재 상황과 맞물려 삶에 대한 허무함에 젖어 있었다. 이 사건은 알게 모르게 대한민국 국민 전체의 정신적 외상이 되었다. 그때 자식들로부터 재산을 지키려고 안간힘을 쓰던 70대의 한 노인은 이렇게 말했다. "그깟 재산 내가 손에 쥐고 있으면 뭐할 거야? 내일 죽을지도 모르는데 어서 다 나눠줘야겠어."

사회가 운영되는 기본 원리는 '최대 다수의 최대 행복' 이다. 복지는 어느 한 부류가 행복해졌다고 해서 끝나지 않는다. 불행한 사람을 행복하게 만드는 것으로 끝나지 않는다. 행복한 사람이 그 행복을 유지하고 더 행복해지도록 하기 위해, 사회의 새로운 요구를 찾아 계속 서비스를 높여가는 것이 복지의 역할이다.

20여 년 전 막 상담을 시작했을 때에는 내가 이렇게 사회적으로 중요한 미션을 수행하는 사람이라는 자각은 전혀 없었다. 하지만 나의 작은 위로가 실의에 빠진 사람들에게 도움이 되는 걸 확연히 느끼면서, 내 자신이 건강한 사회를 만드는 데 기여하고 있다는 뿌듯함을 느꼈다. 44세에 사회복지사 자격증에 도전한 것도 바로 그런 이유였다. 이왕 상담 자원봉사를 하는 김에 좀 더 전문성을 갖추고 싶었기 때문이었다.

카운슬러의 자세

핸드폰의 보급이 활발해진 이후로 하루에도 여러 통씩 걸려오는 텔레마케터의 전화를 막을 길이 없다. 대부분 보험가입을 권유하거나 부동산 투자를 하라는 내용이다.

그런데 왜 텔레마케터의 전화는 불과 1분도 되지 않아 짜증이 나는 걸까? 그 사람들이야 열심히 일을 하는 것이니 무턱대고 화를 낼 수도 없다. 어느 시점에 지금 바쁘다고 말하고 전화를 끊고 싶은데 도무지 틈을 주지 않는다. 마음이 약한 사람들은 관심도 없는 얘기를 5분이 넘도록 들어주어야 한다.

나는 이런 식의 텔레마케팅이 얼마나 효과가 있을지 의문이다. 텔레마케팅을 하는 회사들은 가능한 오랜 시간 붙들고 이야기를 하는 것이 목적인 모양이다. 하지만 마케팅의 기본은 '대화'이다. 일방적인 말을 상대방의 이해도 구하지 않은 채 줄줄 늘어놓는 것은 아무리 예쁜 아가씨의 목소리라 해도 호감을 얻을 수 없다.

정말로 실력있는 텔레마케터라면 자신이 누군지 정확히 밝히고, 지금 통화를 나눌 시간이 있는지 묻고, 상대방이 없다고 대답하면 이렇게 말하고 전화를 끊어야 한다.

"그럼 내일 다시 전화를 드리겠습니다."

또 자신이 팔려고 하는 상품을 간단명료하게 밝힌 후, 관심이 있는지를 묻고, 관심이 없다고 하면 이렇게 말해야 할 것이다.

"살아가는 데에 큰 도움이 될 중요한 정보를 드리려고 하니 꼭 관심을 가져주세요. 내일 한 번 더 전화를 드리겠습니다."

한두 번으로는 힘들겠지만 이렇게 반복하다 보면 상대방이 마음을 열고 귀를 기울여줄 날이 반드시 온다.

같은 예로 대학의 교수들도 두 부류로 나뉜다. 어느 교수는 학생들이 강의 내용을 이해하건 말건 자신만의 스타일로 지루하게 강의를 한다. 어느 교수는 강의하는 내내 학생들과 눈을 맞추며 그들이 이해하고 있는지 체크한다. 중간중간 질문도 한다. "이해하십니까?", "이에 대해 어떻게 생각하십니까?" 두 교수 중 어느 쪽이 학생들에게 인정을 받을지는 뻔하다.

어떤 대화든, 그 기본은 이해와 배려이다. 그리고 이것이 가능하려면 열린 마음이 있어야 한다.

마음이 열리지 않는 한, 대화는 무용지물이다. 그것은 그저 지껄임에 불과하다.

처음 사랑의 전화 상담을 시작했을 때에 가장 어려웠던 것이 바로 이 점이었다. 잘 해내리라 각오를 단단히 하고 전화를 받았지만, 웬일인지 전화를 걸어왔던 사람이 쉽게 고민을 털어놓지 못하고 그냥 끊는 일이 종종 있었다.

나는 선배 상담원들에게 어떻게 상대방의 마음을 열 수 있을지 조언을 구했다. 그 대답은 "먼저 너의 마음을 열어라"는 것이었다.

나는 뜨끔했다. 오랜 기간 남편의 직장 때문에 사택 공동체 생활을 해왔기 때문에 상처받지 않기 위해 스스로 마음을 닫는 연습을 많이 해왔던 것이다. 내 마음이 열리지 않은 상태에서 남의 마음을 열겠다고 했으니 여간 오만했던 것이 아니었다.

마음을 연다는 건 무엇일까?

나는 한 세일즈맨의 이야기에서 이에 대한 답 하나를 찾았다. 세일즈맨은 초인종을 누른 후 최대한 웃는 표정을 지어야 한다. 그리고 대화를 시도하는데, 약 15~20초 사이에 상대의 얼음ice을 녹여야 한다. 얼음을 녹이지 못하면 세일즈는 100% 실패로 돌아간다.

여기서 얼음이란 낯선 사람에 대해 우리가 흔히 갖고 있는 '경계심'을 말할 것이다.

어떤 이야기든 들어주겠다는 생각을 갖고도, 나는 은연중에 전화를 걸어오는 낯선 사람에 대해 경계심을 갖고 있었던 것이다. 마치 사람들이 텔레마케터에 경계심을 갖듯이 말이다.

그렇다면 나는 무엇을 경계했던 걸까?

내 경계심의 이유는, 상대방이 내가 받아들이기 힘든 이야기를 하진 않을지, 혹은 내가 진정으로 그 사람의 이야기를 이해할 수 있을지, 이에 대한 불안함에서 비롯된 것이었다. 대부분의 경우 대화를 시작하면서 서서히 이러한 경계심을 떨쳐냈지만, 매우 예민한 사람과 대화를 나누게 되면 여지없이 나의 경계심을 들켜버렸고 그것으로 내 상담은 짧게 끝났다. 경계심으로 인해 나도 모르는 사이에 내 상담의 폭을 좁히는 결과를 낳았던 것이다.

이것은 인간과의 관계에 있어서 강아지와 고양이의 차이에서 확연히 드러난다. 강아지는 기본적으로 경계심이 없는 동물이다. 특히 몇몇 종자는 누군가가 껌 냄새만 풍겨도 꼬리를 흔들며 달려간다. 반면에 고양이는 언제나 바짝 경계를 늦추지 않는다. 잠을 잘 때에도 꼭 수맥이 흐르는 곳을 찾아 얕게 선잠을 잔다. 사람이 다가가서 만지려 하면 얼른 일어나 도망을 가기 위해서다.

이런 차이 때문에, 인간은 강아지와 많은 교감을 나누지만 고양이와는 아직도 위태롭다. 섣불리 다가갔다가는 어느 순간 얼굴을 할퀼 수도 있는 것이다.

상담원 교육을 받으면서, 그리고 계속 상담 자원봉사를 하면서, 나는 서서히 경계심을 허무는 훈련을 하게 되었다. 그것은 내가 갖고 있던 고정관념, 고집, 거부감 등을 버리는 일이었다.

외도하는 사람을 절대로 이해할 수 없었던 내 좁은 마음도, 이혼은 절대로 안 된다던 생각도, 술이나 마약, 스와핑 등에 빠진 사람은 다 이상한 사람이라 생각했던 고정관념도, 나는 훌훌 내던졌다.

나약하고 불완전한 인간이 사는 세상에서는 어떤 일도 일어날 수 있으며 그것이 바로 인생살이라는 걸, 나는 서서히 배워 나갔다.

아무리 완벽해 보이는 사람에게도, 혹은 지극히 정상적이거나 멀쩡해 보이는 사람에게도, 털어놓을 수 없는 비밀은 반드시 있다. 처음에는 상담실에서 듣는 이야기들을 먼 곳에서 일어나는 희한한 이야기로 생각했었다. 하지만 이것은 우리들의 이야기이며, 내 자신의 이야기다. 남의 문제가 아닌 우리들의 문제로 생각하자, 내 마음은 활짝 열렸고 그들의 아픔에 온 마음으로 귀를 기울일 수 있게 되었다.

단, 나의 가치관만은 바뀌지 않는다. 사람들의 이야기를 들어주고 이해하되, 그것 때문에 내 가치관이 뒤흔들리지는 않는다. 어머니가 심어주신 내 건강한 가치관만은 그대로 보호한다. 상담은 자기 중심이 확실한 건강한 가치관을 가진 사람만이 할 수 있는 일이다. 진정한 카운슬러의 자세는 열린 마음으로 남의 이야기를 들어주고, 건강한 가치관을 통해 그들 스스로 자신의 문제를 인식하도록 돕는 것이다.

단 한 통의 전화를 위하여

사랑의 전화에는 단순히 심심해서 걸려오는 장난 전화도 아주 많다. 예를 들어 이제 겨우 13, 14세의 소년이 전화를 해 이런저런 이상한 이야기를 묻기도 한다.

"아줌마도 남자랑 자봤어요? 그때 기분이 어때요?"

적당히 성교육 쪽으로 방향을 틀어보지만 아이의 짓궂은 질문은 계속된다. 아무리 어린 사람이 전화를 해도 반드시 진지하게 존대를 하며 받아주는 것이 사랑의 전화의 원칙이지만 이런 장난 전화에는 꾸지람밖에는 답이 없다.

은근히 음란 전화를 시도하는 남자들도 많다. 이럴 때는 재빨리 남자 상담원을 바꿔주면 놀라서 전화를 끊는다.

어떤 날은 하루 종일 이런 장난 전화에만 시달릴 때도 있다.

한때는 내가 이런 전화를 받으려고 그 힘든 교육기간을 견뎌냈나 회의가 들기도 했었다. 동료 상담원들에게 털어놓으니 그들 역시 그런 때가 있었다고 말했다.

"다 이야기 듣는 훈련이라고 생각해요. 언젠가는 그런 사람들의 마음이 이해가 되는 날이 와요. 오죽 외로우면 그러겠어요."

나보다 먼저 사랑의 전화에 들어와 지금까지 쭉 자원봉사를 해오신 한 선생님은 이런 얘기를 들려주셨다.

"어떤 날은 하루 종일 열심히 봉사했는데도 개운하지 않을 때가 있어요. 절반은 장난 전화고, 나머지 절반은 그냥 수다를 떤 거예요. 하지만 그래도 딱 한 통의 전화라도 내가 정말 도움을 줄 수 있는 전화가 있었다면, 그날 하루는 보람 있는 날이에요."

그후로 나는 상담을 나올 때마다 늘 기도를 드린다. '하느님, 오늘 단 한 통이라도 내가 도움을 줄 수 있는 전화가 있도록 허락해 주세요' 라고.

한 번은 음란 전화를 시도하는 한 남성의 전화를 받았다. 처음에는 여자친구가 없어서 외롭다는 이야기로 시작된 전화는 갈수록 이상한 방향으로 흘러갔다.

"폰섹스 해보셨어요? 신음 소리 좀 내 보실래요?"

나는 조용히 물었다.

"당신의 문제가 뭔가요? 왜 이러시는 건가요?"

그는 계속 딴청을 떨며 음란한 말을 내뱉었지만 나는 포기하지 않았다.

“정말 하고 싶은 말을 해보세요. 저는 당신이랑 진지하게 대화를 해보고 싶어요.”

계속되는 나의 설득에 그는 장난기를 거두고 속마음을 털어놓았다. 벌써 3년째 여자친구가 없는 상황. 외롭기도 하지만 육체적인 욕망을 참기가 너무나 힘들다며, 그래서 자꾸 음란 전화와 인터넷 음란물에 빠져든다고 말했다.

“젊은 남자들이 욕망을 참기 힘들다는 건 저도 이해해요. 하지만 지금의 방법은 도움이 안 돼요. 당장 욕망을 해소하는 데는 좋겠지만 정작 진정으로 사랑을 하려고 할 때에는 오히려 방해가 될 수 있어요. 성은 생명이고 사랑이에요. 그런데 음란물에서는 그런 걸 찾아볼 수 없어요. 오직 쾌락뿐이에요. 속는다는 걸 잊지 마세요. 현실과는 전혀 다른 환상에 속아서 당신의 소중한 시간과 정신을 빼앗기지 마세요.”

그는 지금까지 수많은 여성과 음란 전화를 시도했지만 이런 얘기를 해준 사람은 내가 처음이라며 고마워했다.

이 일로 인해 나는 내가 노력만 하면 장난 전화도 의미 있는 전화로 바꿀 수 있다는 걸 알게 되었다. 보람 있는 한 통의 전화. 어찌 보면 그것은 저절로 주어지는 것이 아니라 내 마음이 만드는 것이리라.

개별화의 기술

한때 사랑의 전화에 스와핑 상담이 폭주했던 때가 있었다. 어디에서도 그런 이야기를 들은 적이 없었기에, 대부분의 상담원들이 충격을 받았다. 언론에 스와핑이 보도된 것은 그후 한참이 지나서였다.

사람들의 시시콜콜한 고민을 상담하다 보니, 어찌 보면 우리는 사회적 세태를 가장 빨리 접하는 사람들이라 말할 수 있다. 동창 찾기 사이트를 통한 불륜의 확대라든가, 묻지마 관광이라든가, 생활고로 인한 우울증, 자살, 아동을 대상으로 한 성폭행 등, 뉴스에 대대적으로 보도되는 거의 대부분의 사회 문제를 사랑의 전화 상담원들은 남들보다 조금 일찍 접하고 있다.

요즘 기승을 부리고 있는 것은 근친상간이다. 예전에도 간간이 누나를 사랑하는 동생이라든지, 사촌간의 사랑이라든지 여러 경우가 있었지만, 요즘의 근친상간은 더욱 심각하다. 아버지가 살아 있음에도 버젓이 자행되는 어머니와 아들의 성관계라든지, 아버지와 어린 딸의 관계, 형부와 처제 사이의 관계, 형수와 시동생의 관계, 심지어 장모와 사위의 관계도 있다.

당사자들이 꽁꽁 숨기는 문제라서인지 아직까지 사회 문제로 인식되지는 않고 있지만 머지않아 크게 문제화될 날이 올 것이라 생각한다. 아마도 그것은 치정극이나 성폭력과 같은 범죄의 형태로 대두될 가능성이 크다.

사랑의 전화 상담원들은 거의 대부분이 건강한 가치관에 평범한 감수성을 가진 대한민국의 소시민들이다. 우리 역시 상담을 하면서도 이런 이야기들에 충격을 금치 못한다. 특히 상담 경력이 얼마 안 되는 자원봉사자들은 이런 이야기에 부들부들 떨 정도로 충격이 커 한동안은 전화를 받는 일이 힘들 정도다. "어떻게 이런 일이 있을 수 있어요?"라고 묻는 그들을 선배들은 다독인다. 이 세상은 나약하고 불완전한 정신을 가진 인간들이 사는 곳이기에 어떤 일이든 일어날 수 있다. '있을 수 없는 일'은 없다. 모든 일이 있을 수 있는 일이다.

아무리 충격적인 이야기를 들었다 해도 '개별화' 훈련을 통해 얼마든지 정신을 수습할 수 있다. 상담원들에겐 필수적인 기술이고, 일반 사람들에게도 살아가는 데 큰 도움이 될 기술이다.

개별화란 사람의 생각과 가치관, 살아가는 모습이 각자 다르다는 것을 인정하는 데에서 출발한다. 예를 들어 나는 가수 중에 패티 김을 무척 좋아하지만 어떤 사람은 이미자를 더 좋아할 수 있다. 나는 단 몇 명의 친구와 돈독한 관계를 맺으며 단순하지만 평온한 인생을 사는 것을 좋아하지만, 어떤 사람은 수백 수천 명을 알고 지내면서 끊임없이 사람을 만나는 걸 좋아한다. 나는 술과 파티에 별 취미가 없지만 어느 누군가는 오로지 파티를 위해 살 수도 있다.

사람은 다르다. 그래서 상상도 못한 일이 일어날 수도 있다. 작은 실수 하나 때문에 착한 사람에게 불행이 닥칠 수도 있고, 똑바른 여자인데도 유부남을 사랑할 수도 있다. 이들에게 선과 악, 양심, 도덕 등을 들먹이는 것은 아무 의미가 없다. 알면서 저지르는 것이 더 큰 죄라고 하지만, 알면서 가는 것이 마음일 수밖에 없다. 잘했다고 칭찬할 수는 없지만 이해는 한다. 동의는 못하지만 이해는 한다. 카운슬링을 하기 전에는 내가 동의하지 못하는 건 이해하지도 못했었다. 하지만 지금은 동의하지 않아도 이해는 한다.

이것이 개별화다. 개별화를 못하면 상담의 수명이 짧아질 수밖에 없다. 날마다 충격적이고 괴상한 이야기들을 들으면서 곧은 중심을 유지하기는 쉽지 않기 대문이다.

또한 개별화를 잘해야 카운슬링의 기본자세, 즉 판단하지도 비난하지도 않는 자세를 끝까지 지킬 수 있다. 우리는 끝까지 들어주고 위로해 준다. "괴로움이 많겠네요. 정말 힘드셨겠어요." 그리고 '지금 여기'에 집중한다.

이렇게 20년을 살다보니 내 개인적 삶에도 개별화의 습관이 스며들었다. 예전에는 사람들에게 쉽게 말했었다. "하지 마!" "네가 그러면 안 되는 거 아니야?" "어떻게 그럴 수 있니?"

하지만 지금은 그런 말을 하지 않는다. 아들에게도, 며느리에게도 그런 말을 하지 않는다.

설사 그런 생각이 들어도 한 번 더 생각하고 '아이 메시지'로 말한다. "나는 네가 그러는 게 좋을지 걱정이 되는구나." 이 정도가 그나마 강한 표현이 되었다.

그래서인지 예전처럼 고집쟁이라는 말을 듣지 않는다. 성격이 무난해졌다고 말할 수도 있겠지만, 어찌 보면 개성이 흐려진 것도 같다.

하지만 중요한 것은 내 양심, 내 도덕만큼은 끝까지 잃지 않는다는 것이다. 나의 코어core, 나의 알맹이는 그대로 있다.

자원봉사의 원칙

지난 20여 년 동안 나는 매주 한 번 사랑의 전화 상담센터에서 9~10시간씩 상담 봉사를 해왔다.

2년 전부터는 매주 한 번 '아름다운 가게' 콜센터에서도 일한다. 사랑의 전화 일을 오래 하다보니 자연스럽게 연결되어 하게 된 일이다.

사람들은 내게 그렇게 오랫동안 자원봉사를 하다니 시간적 여유가 참 많은 모양이라고 말한다. 지금이야 나이가 들어서 시간적 여유가 있나보다 생각하지만, 예전에는 파출부를 쓰느냐, 집안 살림은 어떻게 하느냐 등의 질문을 많이 받았었다.

하지만 사랑의 전화 상담원 중에 시간적 여유가 많아서 봉사를 하는 사람들은 전혀 없다. 나와 같은 주부도 있지만, 대부분이 직업이 있어 생업만으로도 매우 바쁜 사람들이다.

함께 상담 봉사를 했던 목사 사모님이 있었다. 그분은 아이 네 명을 기르는 틈틈이 문화센터에서 미술 공부를 하면서 매년 한 번씩 전시회까지 열었지만 매주 한 번씩 빠짐없이 상담센터에서 봉사를 하셨다.

고등학교에서 교편을 잡고 계신 한 남자 선생님은 하루 종일 학생들을 가르치고 보충 수업 지도까지 하고서는 상담센터로 달려와 철야 상담을 하셨다.

나는 전업 주부라 그나마 여유로운 편이었지만, 바쁜 건 매한가지였다. 집안일을 해야 하고 아이와 남편을 돌봐야 했었다. 교회 성가대 활동에도 적지 않은 시간을 써야 했다. 아이가 고등학생이 되면서 기숙사 학교로 떠나자 섭섭하면서도 한편으로는 고마울 정도였다.

20년이 넘도록 멈추지 않고 계속 자원봉사를 할 수 있었던 것은 열심히 사는 틈틈이 시간을 쪼개 봉사를 하러 오는 여러 상담원들의 모습 덕분이었다.

그들을 통해 봉사의 자세에 대해 알게 되었다. 사람들은 시간이 좀 더 많아지면 그때 봉사를 시작하겠다고 말한다. 돈이 좀 더 많아지면 그때 불쌍한 사람들을 돕겠다고 말한다. 하지만 봉사는 내가 쓰고 남는 것을 쓰는 것이 아니다. 시간이든 능력이든 혹은 돈이든, 내가 가진 게 적더라도 좀 덜 쓰고 아껴서 돕는 것이 봉사다.

또한 봉사를 계속 하다보면 어느 순간 봉사라는 개념이 사라지는 걸 느끼게 된다. 봉사는 남을 위해 희생하는 것이 아니다. 봉사의 결과는 모두 자신에게 돌아온다. 결국 모든 일은 좋아서 해야 하고, 다른 사람이 아닌 나 자신을 위해서 해야 한다.

상담원들을 볼 때에도 희생의 마음으로 시작한 사람들은 불과 몇 개월 안에 봉사를 그만두는 것을 볼 수 있었다. 오히려 5년이고 10년이고 끊임없이 하는 분들은 스스로 필요해서, 혹은 좋아서 하는 분들이었다.

나 역시 20년이 넘도록 상담을 계속한 것은 나를 위한 선택이었다. 나는 자꾸만 어둡게 자기 세계로 침잠하는 나를 세상으로 불러내줄 목소리가 필요했다. 그래서 자원봉사를 선택했고 다행히 그것이 나와 잘 맞아 지금까지 계속 되어온 것이다.

이제 본격적인 노후로 접어들 나이가 되니 자원봉사를 하게 된 것이 나에겐 축복이 아니었나 싶다. 사랑의 전화 상담원 중에는 70이 넘은 고령자가 상당히 많다. 내가 너무나 좋아하는 한 분은 현재 나이가 80대다. 나는 자원봉사를 하는 노인들의 삶이 그렇지 않은 노인들에 비해 훨씬 윤택하고 풍요롭다는 걸 직접 실감했다.

대부분의 노인들이 지루하고 외롭고 소외된 삶을 보내는 데 비해서 이분들은 여전히 많은 사람들에 둘러싸여 활기찬 노후를 보낸다. 끊임없이 여행하고, 새로운 일에 도전하고, 그 틈틈이 봉사하면서 보람도 느낀다. 나는 더도 덜도 말고 나의 노후가 그렇게 되기를 바란다.

38세부터 시작한 상담이 60이 넘도록 계속되었으니, 인생의 후반기를 상담하며 살았다고 해도 과언이 아니다. 그리고 이곳에서 만난 좋은 분들과 교류하며 살았다. 그분들이 지금 나에게 가장 큰 위로를 주는 좋은 친구이자 조언가들이다.

자원봉사의 | 원칙

1. 시간이 생기면, 여유가 생기면 시작하겠다는 생각으로는 평생 자원봉사를 할 수 없다. 시간이 없어도, 여유가 없어도 하는 것이 자원봉사다.

2. 날짜와 요일을 정해 놓고 규칙적으로 봉사한다. 그 시간만큼은 미리 비워놓고 꼭 지키겠다는 원칙을 세운다.

3. 희생정신만으로는 자원봉사를 오래할 수 없다. 스스로 재미와 보람을 느낄 수 있어야 한다.

4. 자신에게 맞는 자원봉사를 찾아라. 어떤 사람에겐 고아원 봉사가 맞을 수 있지만 어떤 사람에겐 양로원 봉사가 맞을 수 있다. 자신의 적성과 재능에 맞는 분야를 찾아서 봉사하라.

5. 함께 봉사하는 사람과 커뮤니티를 만들라. 사람과의 만남이 봉사를 더욱 풍요롭게 해준다.

외롭다고 말해요

한때 나를 둘러싼 세상이 전부 가짜라고 느껴졌던 때가 있었다. 친절하게 말을 걸어오는 이웃들, 안부 전화를 해오는 친구들, 유난히 똑똑해서 저만치 훌쩍 커버린 아들, 그리고 늘 나를 혼자 내버려두고 일요일에도 골프를 치러 나가는 남편.

나는 늘 사람들로 내 주변을 채우고 사랑받으며 살아왔다고 생각했는데 돌아보니 혼자였다. 모두들 각자의 자리에서 프로그램대로 움직이는 로봇처럼 느껴졌다. 만약 내가 누군가에게 외롭다고 털어놓는다면 그 사람은 프로그램대로 이렇게 말할 것 같았다.

"어머, 무슨 일이야? 말해 봐. 무슨 일인데?"

나는 그런 식으로 나의 외로움이 호기심의 대상이 되는 것이 싫었다. 지금 생각하면 바보 같은 생각이지만, 나는 자존심 때문에 내가 외롭다는 사실을 철저히 숨기고 아무렇지도 않게 행동했다.

그러다가 한계에 부딪쳤다. 더 이상 견딜 수가 없었다.

그때 라디오에서 사랑의 전화에 대한 이야기를 들었다. 상담이 필요한 사람이 언제나 이용할 수 있는 전화번호라니……. 하지만 나를 끌어당긴 것은 상담이라는 단어보다도 이런 단어였다. ‘경청’, ‘공감’, ‘동일시’, ‘친구 되어주기’……. 그리고 이야기의 마지막에 진행자는 전화 상담 자원봉사자를 모집한다고 했다.

그때 나는 남편의 직장 때문에 오랜 지방 생활을 하고 막 서울로 올라온 차였다. 왕래할 친구도 끊겼고 하루하루가 우울했다. 혼자서 밥을 먹을 때마다 라디오에서 들은 그 이야기가 떠올랐다. 결국 나는 일주일 만에 사랑의 전화 사무실로 찾아가 교육생으로 등록을 했다.

그리고 일은 빠르게 진행됐다. 나는 14주간의 상담자 교육을 받고 일정 기간의 테스트를 거친 후 정식 상담원이 되었다. 1984년, 내 나이 서른여덟 생일 되는 날이었다.

정식 상담원이 되고 얼마 지나지 않았을 때, 나는 15세 소년의 전화를 받았다.

“저에겐 친구가 없어요. 엄마 아빠도 저한테 관심이 없어요. 학교에서는 따돌림을 당해요. 하루 종일 말을 걸어주는 사람이 아무도 없어요. 전 강아지하고만 말해요.”

소년과의 대화는 내 모습을 돌아보게 해주었다. 그때 나는 외로움에 몸부림치는 열다섯 소년을 위로하는 역할을 맡고 있었다. 그런데 내가 하는 모든 말들이 거울처럼 반사되어 내 가슴을 때리는 것이었다.

"절대로 그렇지 않아. 너는 혼자가 아니야. 부모님들도 너와 이야기를 나누고 싶을 거야. 그리고 너와 친구가 되고 싶은 아이도 엄청 많을걸? 니가 말하지 않기 때문에 다들 숨기고 있는 거야."

그리고 한 순간 나는 목이 메었다. 나는 혼자가 아니었다. 나를 사랑하고 걱정해 주는 사람들이 많이 있었다. 왜 그들이 내게서 떠났다고 생각했을까? 그건 내가 정말 해야 할 말을 하지 않고 마음의 문을 닫고 있었기 때문이었다.

나는 상담을 하면서 한 번도 만난 적이 없는 사람의 마음의 문을 열기 위해 애를 쓰곤 했다. 그런데 정작 내가 사랑하는 사람들에게 내 마음을 보여주는 것을 두려워하고 있었다니!

나는 방패를 벗어던지기로 했다.

"나는 요즘 너무너무 외로워."

내가 처음 외롭다고 말했을 때, 친구는 걱정했던 것처럼 호들갑을 떨지 않았다. 그녀는 진심으로 걱정해 주었고 사랑의 전화에서 자원봉사 일을 시작한 것에 대해 공감을 해주었다.

"어쩌면 그 일이 너에게 도움이 될 수 있을 거야."

그녀의 말은 옳았다. 나는 상담을 하면서 점점 나 혼자만의 고통에서 빠져나올 수 있었다. 그렇다고 외로움이 완전히 사라진 것은 아니었다. 그러나 나는 혼자가 아니라고 외침으로써 내 외로움의 무게를 덜 수 있었다. 모르는 사람들의 외로움을 위로하면서 나의 외로움이 위로받는 것을 느낄 수 있었다.

김현승 시인은 외로움을 '껍질을 더 벗길 수도 없이 단단하게 마른 흰 얼굴'로 묘사했다. 생명이 다 하는 순간까지 마지막으로 남아 있는 것이 바로 외로움일 터이다. 외로움은 일체의 수분도 용납하지 않은 메마른 나무껍질의 모습이다. 그 나무를 적실 수 있는 것은 사람과 사람의 진정한 대화, 소통밖에 없다.

나도 그랬고 내가 아는 많은 사람도 그랬고, 사랑의 전화로 전화를 걸어오는 수천 명의 사람들도 그랬다. 그들이 찾아 헤매는 것은 진정한 소통이었다.

당신도 누군가를 도울 수 있다

지난해 초 영화배우 이은주가 자살을 했다. 나 역시 「오, 수정」을 보고 참 연기 잘하고 똑똑하고 예쁜 배우라고 생각하고 있었기에 그녀의 자살 소식에 무척이나 놀랐다.

사건 이후 몇 주 동안 사랑의 전화에 자살하고 싶다는 전화가 두세 배로 껑충 뛰었다. 유명인이 자살을 하면 덩달아 자살 충동을 느끼는 이른바 '베르테르 효과' 가 발휘된 것이었다.

한 조사에 따르면 이 사건 이후 네티즌 100명 중 6명이 동조 자살 충동을 느꼈고, 11명은 일상생활을 하기가 어려울 만큼 큰 충격을 받았다고 한다.

무엇이 이 젊은 여배우에게 이토록 끔찍한 일을 저지르게 했을까? 하지만 나에겐 그 이유보다도 그렇게 절박한 상황에서 왜 그녀는 누군가에게 도움을 청하지 않았는지, 그렇게 많은 사람들에게 사랑받는 사람인데 왜 주변 사람들은 그녀의 심경을 몰랐는지, 그 것이 더 의문이었다.

자살을 하는 사람들에겐 분명히 징후가 있다. 사랑의 전화와 연대를 맺고 있는 비프렌더스 월드와이드의 홈페이지를 보면 자살의 징후에 대해 잘 나와 있다.

우선 유난히 우울해하고 위축된 모습을 보이며, 돌발적인 무모한 행동을 하며, 신변의 일을 정리하거나 소중한 물건을 주변 사람들에게 나눠주는 모습을 보인다.

또한 행동이나 태도, 외모 등에 눈에 띄는 변화가 생기는 사람들도 있다. 즉 전혀 다른 모습으로 꾸미거나, 혹은 완전히 폐인이 된 듯한 몰골로 나타나는 것이다.

술, 약물 등을 남용하며, 울거나 싸우거나, 과격한 행동을 하며 "더 이상 못하겠어." "이제 다 그만두고 싶어" 등의 말을 한다.

물론 이런 행동들은 힘든 일이 있을 때 누구나 보일 수 있는 평범한 모습일지도 모른다. 대부분의 사람들은 극복하고 돌아오지만 소수는 그러지 못한다. 이들을 그렇게 극단으로 내몰아간 것은 무엇일까? 온갖 이상한 행동을 통해 주변 사람들에게 도움을 구했으나, 결국 어디서도 도움을 얻지 못했기 때문이다.

자살의 징후를 보이는 사람들은 그 징후를 통해 사실은 도와달라고 외치고 있는 것이다. 이들이 원하는 도움은 해결이 아니다. 그저 안전한 장소에서 비판받거나 조언받지 않은 채 자신의 공포와 불안을 솔직하게 들어줄 사람을 찾는 것이다.

듣는다는 건 쉽지 않은 일이다. 들으려면 말하고 싶은 충동을 자제해야 한다. 상대방의 말에 평을 던지지도, 조언을 하지도 말아야 한다. 또한 이야기의 내용뿐만 아니라 그 아래 깔려 있는 감정에까지도 귀를 기울여야 한다. 또한 자신의 관점이 아닌 상대방의 관점에서 그 말을 이해해야 한다. 그가 필요로 하는 것은 이해와 믿음, 사랑이다.

만약 여러분의 주변에 자살 충동에 시달리는 친구가 있다고 하자. 그 친구가 당신에게 끊임없이 위에서 말한 구조 신호를 보내고 있다고 하자. 당신은 어떻게 하겠는가? 우리는 가족과 연인과 친구와 그리고 사회에서 만난 여러 동료들과 거대한 휴먼 네트워크를 맺고 있다. 이 네트워크는 그저 심심할 때 수다 떠는 용도로 만들어진 것이 아니다. 그저 함께 쇼핑하고 밥 먹으라고 만들어진 것이 아니다. 이 네트워크는 서로 소통하라고 만들어진 것이다. 소통하고 도우라고 만들어진 것이다.

누군가와 친밀한 관계를 맺으면, 그와 나 사이에는 저절로 서로 힘들 때에 돕겠다는 공감대가 형성된다. 그런데 한쪽에서 열심히 신호를 보내는데, 이것을 보지 못하고 자신의 일에만 빠져 있다면, 그것은 관계에 대한 직무 유기가 아닐 수 없다.

죽음을 생각하며 힘들어하는 친구에게, 우리는 충분히 도움이 될 수 있다. 이것은 좋은 친구가 되어주는 일이자, 더 나아가 생명을 구하는 일이 된다.

딱 세 가지만 지키면 된다. 힘들어하는 친구를 혼자 내버려 두지 말며, 판단하거나 조언하지 말며, 질문을 퍼부으며 궁지로 몰지 말아야 한다. 그저 들어주면 된다.

다음은 비프렌더스 월드와이드의 홈페이지에 소개된 '자살 충동에 빠진 친구를 돕는 방법' 이다. 드움이 될 것 같아 이곳에 소개하려 한다.

자살 충동을 | 느끼는 | 상황

1. 집안에 자살이나 폭력의 역사가 있을 때

2. 육체적 학대, 성적 폭력 등을 당했을 때

3. 친한 친구의 죽음, 가족의 죽음

4. 이혼, 별거, 이별

5. 학업에서의 실패, 시험이 다가올 때, 좋지 않은 시험 결과

6. 실직, 직장에서의 갈등

7. 법률 소송이 임박해 올 때, 소송 패소

8. 범죄로 인한 수감, 혹은 다가오는 석방

자살 충동을 | 느낄 때의 | 친구의 행동

1. 울음

2. 싸움

3. 자동차 과속 주행 등의 법률 위반

4. 충동적인 행동

5. 자해

6. 죽음이나 자살에 대한 글을 남기는 행동

7. 자살 시도

9. 극단적인 행동

10. 전혀 원래의 친구답지 않은 행동

신체적 | 변화

1. 에너지가 없는 지친 모습

2. 수면 부족, 수면 과다

3. 식욕 감퇴

4. 갑작스러운 체중 증가 혹은 감소

5. 자잘한 병치레

6. 성욕 감퇴

7. 갑작스러운 외모의 변화

8. 전혀 꾸미지 않는 외모

감정 및 | 정서적 | 상태

1. 자살을 자주 생각함

2. 극도의 외로움

3. 거부 당하고 소외된 느낌

4. 깊은 슬픔, 혹은 죄책감

5. 좁은 시야, 상황을 넓게 보지 못함

6. 불안과 스트레스

7. 무기력감

8. 자존감 상실

자살 충동에 | 빠진 친구가 | 원하는 것

1. 들어주기 : 긴 시간을 할애하여 진심으로 귀를 기울여줄 친구. 조언이나

판단을 하지 않고, 100% 집중하여 들어주는 사람.

2. 믿어주기 : 있는 그대로 존중하고 믿어주는 사람. 비밀을 보장해 주는

사람.

3. 관심을 쏟아주기 : 관심, 사랑, 걱정을 표현해 주는 사람. 위로를 해주며

잘 해낼 거라고 격려해 주는 사람.

자살 충동에 | 빠진 친구가 원하지 않는 것

1. 혼자 있는 것 : "나랑 얘기 할 시간 있

어?"라고 묻는 친구에게 거절을 한

다면, 그가 자살을 실행에 옮길 확률

은 10배나 높아진다. 그저 기댈 수 있는 사람이 있다는 것만으로도 상황은 완전히 달라질 수 있다.

2. 조언을 받는 것 : 분석하거나 비교하거나, 비판하면서 문제에 대한 해결을 강요하지 말라.

3. 따져 묻는 것 : 친구의 말을 가로채지 말라. 질문하지 말라. 궁지로 몰지 말라. 이런 행동은 친구를 방어적으로 만들어 마음을 닫게 한다. 그렇게 되면 친구에겐 자살밖에 답이 없게 된다.

기도하는 마음으로……

나는 매일 세 번 이상 기도한다. 일어나서 한 번, 저녁 시간에 한 번, 그리고 잠들기 전에 이불 속에 누운 채로 기도를 한다.

먼저 천주경을 세 번 암송한다.

"하늘에 계신 아버지, 온 세상이 아버지를 하느님으로 받들게 하시며 아버지의 나라가 오게 하시며 뜻이 하늘에서 이룬 것같이 땅에서도 이루어지이다……."

세 번을 암송하고 나면 한결 편안한 마음이 된다. 그때부터 나는 기도를 시작한다.

기도는 찬양이다. 나는 만물의 주인이자 창조주이신 하느님께 모든 영광을 돌리고 그의 이름을 높이는 데에 내 온 마음을 다할 것을 말씀드린다.

기도는 반성이다. 그날 하루 내가 잘못한 것이 없는지, 하느님 말씀에 어긋난 행동을 한 적은 없는지, 행동으로 옮기진 않았어도 나쁜 마음을 품지는 않았는지 반성을 한다. 또 혹시 내가 모르는 중에 누군가에게 상처를 주진 않았는지 용서를 구한다.

기도는 감사다. 그날 하루 내가 누렸던 것들에 대해 하느님께 감사한다. 너무 당연해서 좋은 줄도 모르는 것들, 이를 테면 세끼 식사와 멋진 날씨, 좋은 친구의 방문, 편안한 집 등을 돌이키며 감사한다. 감사하는 마음은 행복한 마음을 부른다.

기도는 바람이다. 사랑하는 내 아들과 며느리에게 좋은 일이 가득하기를, 남편이 건강을 잃지 않기를, 내가 좀 더 강한 사람이 될 수 있기를, 하느님께 기도하며 허락을 구한다.

내게 있어 종교는 '추구하는 삶' 이다. 즉, 어떤 삶을 살겠다는 나의 의지이다. 너무나 어려서부터 내가 선택해서 믿게 된 것이기에, 종교는 내 성격과 가치관에 많은 영향을 주었다.

나는 나와 상담을 하게 된 많은 사람들에게, 그리고 주변 사람들에게, 기도하는 법을 가르쳐주곤 한다. 나의 기도 방식은 종교와는 상관이 없다. 하느님에게 드리건, 부처님에게 드리건, 이것은 나의 반성이자 독백, 감사이자 간구이다. 기도를 하면 내 진짜 모습이 보인다. 기도를 하면 오만했던 내 모습이 보인다. 기도를 하며 나를 낮추다 보면 나로 인해 상처받은 사람들의 모습이 떠오른다. 그들에게 미안하고 부끄럽다. 나는 그들에게, 그리고 하느님께 용서를 구한다. 그렇게 기도를 하고 나면 마치 상담이라도 받은 듯한 치유의 기분을 경험한다.

교회에 다니며 성가를 부르고 기도를 올린 세월이 52년째다. 그러나 그렇게 오래 기도를 해도 여전히 반성할 것도 바랄 것도 많으니, 기도를 멈출 수가 없다.

언젠가 내가 힘들어할 때, 교회 신부님이 이렇게 물으셨다.

"기도할 수 있는데 왜 걱정하십니까?

기도하면서 왜 염려하십니까?

기도할 수 있는데 왜 실망하십니까?

기도하면서 왜 방황하십니까?

마음을 정결히 하여, 뜻을 다하여

기도할 수 있는데 왜 걱정하십니까?"

그날 나는 한 가지를 더 깨달았다. 기도는 힘이다. 에너지이며 파워다. 기도를 하는 이상, 지금까지 그랬던 것처럼 앞으로도 나는 괜찮을 것이다.